가집에 담아낸 노래와 사람들

| 조순자 저

보고사

살아있는 노래 역사의 현장 앞에서...

가곡, 가사, 시조는 조선시대 소위 클래식한 성악 장르들이다. 이 노래들은 단지 구전으로만 전해진 것이 아니라 책으로도 남겨졌다. 악기 연주를 위하여 '금보(琴譜)'라고 하는 악보를 남겼고, 노랫말의 기억을 위해서는 가사 모음집인 '가집(歌集)'을 남겼다.

현재 남아있는 가장 오래된 가집은 1728년 가객 김천택의 『청구영언』이다. 이후 크고 작은 수많은 가집이 만들어지는데, 그 대부분은 가객들에 의한 편찬이었다. 즉 가집의 출현은 가창을 전문으로 하는 남자 가객들의 시대가 열리고 있었음을 의미한다. 그 이전까지 곧, 조선 전기로부터 17세기까지 가장 중심이 되는 가객들은 여자 가객들이었다. 그러다가 18세기 들어 이름을 거론할 만한 전문적인 남자 가객들이 대거 출현하여 여기에 합세했다. 가집은 바로 이런 전문 남자 가객들이 여자 가객인 '가기(歌妓)'들과 더불어 활동하던 시대의 노래 역사를 고스란히 담아내고 있는 책이다.

필자는 가집에 담긴 그 시대의 모습을 〈조순자의 가곡 이야기〉라는 라디오 프로그램을 통하여 1년여 간 소개한 바 있다.

가집 한 권 한 권의 독특하고 재미있는 사연을 소개할 때마다 정겨운 웃음이 나기도 하고, 책 한 권을 엮어 내기 위해 온 열정을 쏟아 부은 편자의 모습과 살아있는 노래 역사의 현장 앞에서 절로 감탄과 박수가 터져 나오기도 했다.

본고는 이처럼 필자가 방송을 준비하며 모았던 자료와 그동안 가집에 얽힌 내용을 소개하며 나름대로 느꼈던 부분을 한 데 엮어 정리한 것이다.

가집 속에 담겨진 우리의 노래, 그 노래를 멋스럽게 향유하고 후대에 전하고자 노력했던 사람들의 이야기를 통해 앞으로 우리 노래의 나아갈 방향을 바로 했으면 하는 바람이다.

2006. 5.
조순자

조선시대 노래책, 가집

수갑계첩(壽甲稧帖), 작자미상, 1814년

가집에 붙이는 이름

가곡, 가사, 시조 등의 노래를 통틀어 예전에는 주로 '영언(永言)', '가요(歌謠)' 등의 명칭을 사용했다. 그래서 가집 이름에도 주로 '영언', '가요' 등의 명칭이 자주 사용된다.[1] 예를 들어 『청구영언』, 『해동가요』 같은 이름은 가집 명칭으로 가장 널리 사용된 이름들이다.[2]

오늘날 남아있는 가집들을 살펴보면 똑같은 이름으로 된 가집들이 여러 개 발견된다. 그러나 그 안의 내용들은 서로 다르다. 그래서 이 같은 이름을 갖는 가집들을 구분할 방법이 필요하다. 그 방법은 대개 그 가집을 소장하고 있거나 처음 발견한 사람의 이름을 붙여서 구별한다.

예를 들면 다음과 같다. 가집에서 제일 많이 사용하고 있는 이름은

---

1) '영언'이란 글자를 풀이하면, '영(永)'은 '길다'는 뜻이고, '언(言)'은 '말'이라는 뜻이다. 중국 『상서(尙書)』라는 책에 '시언지 가영언(詩言志 歌永言)'이라는 말이 있다. 시(詩)와 가(歌)를 구별해준 말인데, 해석하면 '시는 뜻을 말한 것이요, 노래는 말을 길게 한 것이다'라는 뜻이다. 여기서 노래를 '말을 길게 한 것'이라고 설명했으니, 노래란 곧 '영언(永言)'인 셈이다. 실제 노래는 평상시 사용하는 말에 일정한 높이의 음(音)과 길이를 얹어 길게 뽑아내는 것이니 매우 적절한 명칭인 셈이다.

2) '청구(靑丘)'라는 말은 우리나라를 가리키는 말이다. '청' 곧 '푸른 색'은 동쪽을 가리키는 색깔이다. 따라서 '청구'는 '동방의 땅'이란 뜻이다.

『청구영언』이다. 그래서 같은 이름의 『청구영언』이란 가집들을 구분하기 위해, 육당 최남선이 발견한 것은 『(육당본)청구영언』이라고 부르고, 조선진서간행회(朝鮮珍書刊行會)에서 처음 소개한 것은 『(진본)청구영언』이라고 부른다. 또 지금은 고인이 되신 연세대학교 연민 이가원 교수가 소장했던 것은 『(연민본)청구영언』이라고 부른다.

이번에는 『해동가요』를 예로 들어보자. 『해동가요』 역시 『청구영언』 못지않게 조선시대에 많이 사용한 가집 이름이다. 이들 『해동가요』 중에서 박씨 성을 가진 사람이 소장했던 것은 『(박씨본)해동가요』라고 하고, 고려대 정재호 선생이 미국 도서관에서 발견하여 소개한 것은 『(정씨본)해동가요』라고 불러 구분한다.

그래서 종종 유명한 이름의 가집들은 '무슨(혹은 누구) 본'인지를 먼저 살펴야 한다. 그렇지 않으면 전혀 다른 가집인데 오해할 경우가 생길 수 있기 때문이다.

현재 남아있는 가집은 50여 권이 넘는다. 이들 가집의 중요한 서지사항은 국문학자이신 모산 심재완 선생에 의해 잘 정리되어 있다. 뿐만 아니라 모산 선생은 모든 가집에 들어있는 노랫말들을 비교 정리하여 사전처럼 찾아볼 수 있도록 '사전식 역대작품집'을 내놓았다.[3] 교통이 오늘날과 같지 않던 시절 먼 거리도 마다않고 오가며 가집들을 수집하고, 수집이 불가능할 경우는 소장자에게 부탁하여 한 수 한 수 꼼꼼히 카드에 옮겨 적는 작업을 통해 이 두 저서가 세

---

3) 심재완 선생의 가집 문헌정리는 『시조의 문헌적 연구』(세종문화사, 1973)라는 책으로, 작품목록은 『교본 역대시조전서』(세종문화사, 1972)라는 책으로 묶여져 세상에 발표되었다.

상에 빛을 보게 되었으니, 이는 개인으로서는 엄청난 수고가 아닐수 없다. 컴퓨터를 사용하지 않던 시절이었으니, 모산 선생은 생애의 대부분을 이 작업에 바친 셈이다. 우리 노래에 대한 열정이 아니면 불가능한 작업이었을 것이다. 모산 선생은 지금도 대구에서 모산학회를 이끌며, 가곡만큼이나 정갈한 모습과 인품으로 가곡을 연구하고 계시다.

두 종류의 가집

가집은 편집 형태에 따라 크게 둘로 구분된다. 노래사설을 '악곡별'로 정리 편집한 것이 그 하나요, 노래사설을 '주제별'로 모아 놓은것이 다른 하나이다. '악곡별' 가집이란, 예를 들어 '초삭대엽' 항목에는 초삭대엽으로 부르는 사설만 정리해 놓고, '이삭대엽' 항목에는이삭대엽으로 부르는 사설만 정리해 놓는 방식을 말한다. '주제별'가집이란, 예를 들어 '강호'라는 항목에는 강호의 내용을 갖는 사설들만 정리해 놓고, '애정'이란 항목에는 애정의 내용을 갖는 사설들만 정리해 놓는 방식을 말한다.

이 두 가지 편집형태 중에서 조선시대에 가장 많이 사용한 방식은 '악곡별' 분류방식이다. 노래책이었으니 너무도 당연한 결과였을것이다. 또한 가집을 엮어내는 목적이 노래를 부를 때 활용하고자함에 있었음을 알 수 있다. 말하자면 이들 가집들은 당시 노래하는 사람들, 즉 가객들과 선가자들의⁴⁾ 손에 의해 만들어진 가창 대본이었던 것이다.

---

4) '가객'이란 노래를 직업으로 하는 전문인을 말하며, 다른 직업을 가지고 있으면서 노래를 즐겨 부르던 이들을 '선가자'라고 하여 둘을 구분한다.

가집에 담긴 이야기

상춘야흥(賞春野興), 신윤복, 19세기 초

『(진본) 청구영언(靑丘永言)』

– 현재 남아있는 가장 오래된 가집 –

66 대사대부들과 중인계층 사람들이 '예술', '풍류', '음악'안에서 계급이

사라지고 오직 예술적 취향으로 하나가 되고 있다는 것이다. 99

가집이 만들어지게 된 배경

『(진본)청구영언』은 현재까지 전하는 가집들 중에서 가장 오래된 고본(古本)으로 1728년에 중인 가객이었던 김천택이 만든 가집이다. 본디 오장환 씨 개인 소장이던 것을 1948년 '조선진서간행회(朝鮮珍書刊行會)'[1]에서 활자화함으로써 세상에 알려졌다. 현재는 통문관[2]의 주인 이겸노 씨가 소장하고 있다고 한다.

이 가집에는 고려 말로부터 김천택 당대까지의 노래가 총 580수나 악곡별로 수록되어 있다. 그만큼 오래된 노래들, 거의 삼백년간 지속된 노래들이 이 시대에도 여전히 사랑받고 있었으며 이렇게 애창곡들이 점점 많아진 결과 '가집'이 만들어질 수밖에 없었던 것이다.

한편 이 가집은 작품마다 확인 가능한 작가를 밝혀 두려고 노력했다. 그 결과 59명의 작가를 밝혀놓았다. 이처럼 김천택은 최선을 다해 좋은 작품을 수집하고 작가를 고증하려 애썼는데, 그 과정을 말한 김천택의 서문 한 구절을 보자.

우리나라의 고려로부터 조선의 명공(名公)[3], 석사(碩士)[4]와 여

---

1) 진서(珍書)란 진귀한 책이란 뜻이다.
2) 서울 인사동의 유명한 고서점.
3) 명공(名公)이란 요직을 맡은 사대부를 일컫는다.
4) 석사(碩士)란 큰 선비를 일컫는다.

항(閭巷)5), 규수(閨秀)6)의 작품에 이르기까지 영언(永言)으로 지어져 세상에 전하는 것들은 모두 수록하였다. 그런데 그 사이에 비록 최고 걸작은 아니더라도, 울림이 사람에게 알려진 것들은 모두 기록하였다. 비록 그 사람은 대단할 것이 없다 하더라도, 그 영언이 볼 만한 작품이면 또한 모아서 기록하였다.

그 외에도 이 가집의 중간 중간에는, 하나의 노래를 수집하기까지의 과정이나 작가에 대해 김천택이 알고 있거나 조사한 여러 사항들까지도 세세히 기록해 놓았다. 물론 이 가집의 첫 장에는 서문을, 그리고 맨 마지막에는 발문을 잘 갖추어 놓았다. 이러한 글들을 통해서 『청구영언』이 만들어지기까지의 과정, 그리고 어떤 사람들의 도움이 있었는지 등을 알 수 있다.

예사 포교가 아닌 김천택

가객 김천택은 노래로 생업을 삼은 가객은 아니었다. 생업은 별도로 있었고, 그는 노래를 아주 좋아하는 선가자(善歌者)였던 것이다. 그의 직업은 포도청의 포교였다. 포도청은 오늘날 서울 경찰청에 해당한다. 포교는 '포도부장'이라고도 하는데, 조선시대 포도청에

---

5) 여항(閭巷)이란 일반인을 일컫는다.
6) 규수(閨秀)란 모든 여자를 일컫는 말로, 양반 부녀자만을 가리키는 말이 아니다.

는 4명의 포도부장이 있었고, 그 아래 직책에 있는 포졸만도 90여 명이나 된다. 포도부장은 포졸들을 이끌고 한양 도성을 순찰하는 일을 했다. 흔히 포교라고 하면 아주 말단 자리라고만 알고 있는데, 이처럼 결코 만만하게 볼 수 없는 위치였다.

포도부장이었던 김천택은 가곡을 너무 사랑해서 스스로 노래를 부를 뿐더러 직접 노래 가사를 짓기도 했다. 『청구영언』에는 그의 노래가 30수나 실려 있다.

한편 그의 인물됨은 속된 기(氣)가 없이 맑고 바른 사람이었다고 한다. 뿐만 아니라 한시(漢詩) 삼백 편을 늙어서까지도 외울 만큼 한시에도 소양이 깊었다고 한다. 그의 노래 실력은 단순히 그의 재능에서만 비롯되는 것이 아니고, 그 인물됨의 깊이에서 가능했다는 것이다. 이러한 사실은 예나 지금이나 다를 바 없을 것이다. 모든 예술이 인간을 위해 있는 것이지, 인간이 예술을 위해 있는 것은 아니지 않은가. 김천택은 확실히 예사 포교는 아니었다. 하지만 당시 항간에는 그의 이런 인품보다는 '노래 잘 하는 선가(善歌)'로만 더 널리 알려졌던 것 같다. 그래서 이를 아쉽게 여긴 사람들도 있었다. '화사자(花史子)'라는 사람은 이런 사실들을 다음과 같이 말하고 있다.

내가 '시(詩)를 말할 수 없는 사람은 가(歌)를 말하기 어렵다'고 하였더니 천택(김천택)이 또한 깨닫고 탄식해 마지않았다. 천택이 노래로써 이 시대에 이름이 있고, 위인이 속되지 않아서 그 면모가 희고 빛나며 수염이 꼿꼿하다. 어려서부터 시(詩)⁷⁾ 삼백 편을 능히 외워 나이 예순이 되어도 조금도 잊지 않았으니 총명이

남보다 뛰어나지 않으면 어찌 이 같을 수 있겠는가.

지금 천택이 시(詩)를 잘 외지만 잘 쓰지는 못하더라도, 능히 노래에 통하였는데 세상 사람이 그 이름을 듣고 그 얼굴을 아는 것일 뿐, 그 사람됨을 알지 못하고 다만 선가(善歌)로서만 일컬으니 천택을 위하여 매우 애석한 일이다.

『청구영언』의 편집형태

이 가집에는 '평조, 계면조'의 악조 구분 없이, 총 12개의 악곡별로[8] 작품을 수록하고 있다. 악곡별 수록 작품 수는 다음과 같다.

초중대엽	1수
이중대엽	1수
삼중대엽	1수
북전	1수
이북전	1수
초삭대엽	1수
이삭대엽	391수
삼삭대엽	56수
낙시조	10수

---

7) 여기서 시(詩)는 한시를 말한다.
8) 『장진주사』와 『맹상군가』는 노래제목인데, 여기서는 하나의 악곡으로 보았다.

장진주사	1수
맹상군가	1수
만횡청류	139수

　중대엽 계열이 1수씩만 수록되어 있는 것으로 보아, 18세기는 중대엽이 거의 사라지고 삭대엽이 가곡의 중심으로 떠오른 시대인 것을 알 수 있다. 그리고 '이삭대엽'은 가장 많은 작품을 수록하고 있으니 아마도 이 시대의 중심 악곡이었을 것이다.

　반드시 있어야 할 악조 표시가 없다는 것은, 580수 노래들에 맞는 악조가 노래 부르는 가객에게 온전히 맡겨졌음을 의미한다. 당시 악조는 오늘날과 같은 '평조, 계면조' 두 가지만 있었던 것이 아니고 무려 네 악조, 곧 '평조, 평조계면조, 우조, 우조계면조'가 사용되고 있었으니 '하나의 노래를 어느 악조로 불러야 할지'를 판단하는 것은 가객들의 노래 해석 능력에 달렸던 것이다. 달리 말하면 가객들의 노래 해석 여지가 많이 남아 있었던 시대라고 할 수 있다.

　또한 여창의 표시도 없다. 이 말은 어느 악곡, 어느 노랫말이든지 여자 가객들에게도 모두 열려있었다는 말이다. 따라서 어떤 악곡 또는 어떤 노래가 여성 창자에게 더 적합할지를 선정하는 것은 노래연주 현장의 상황에 따라 얼마든지 달라질 수 있었고, 역시 그만큼 노래에 대한 창자들의 해석이 존중되었다고 말할 수 있다.

　전반적으로 18세기는 오늘날보다 가곡 창법에 있어서 창자의 개성과 해석이 개입될 여지가 많았던 것이다.

『청구영언』 시대의 가곡 향유 모습

『청구영언』은 고려 말로부터 김천택 시대(18세기초)까지의 노래를 두루 모았다. 당시 오래된 노래들은 무려 삼백년 이상 애창되고 있었다. 서양의 바흐, 베토벤, 슈베르트 등등의 음악이 지금껏 사랑받고 있는 것과 같았던 것이다. 동시에 이 오래된 가곡들로부터 영감과 위로를 받았던 당대인들은 자기 시대의 창작 가곡들도 만들어 옛 노래들과 함께 즐겼다.

이번엔 『청구영언』의 기록을 따라 가면서 당시 가곡세계를 알아보자.

✿ 아양지계

김천택은 전악사(全樂士)와 함께 '아양지계(峨洋之契)'를 맺고 자주 연주회를 가졌다. 이 아양지계에서 김천택은 노래하고, 전악사는 거문고 반주를 맡았다. 전악사[9]는 당시 장악원 악사였는데, 그가 포도부장 신분의 선가자 김천택과 함께 어울렸던 것이다. 정내교(鄭來僑)라는 사람은 자신이 울적할 때는 이들의 연주를 듣고 우울한 기분을 말끔히 씻고 평정을 되찾을 수 있었다고 하며, 아양지계의 음악수준을 높이 평가했다. 정내교라는 인물은 중인이지만, 사대부 자제들을 가르칠 만큼 학문 수준이 높은 학자였다.

정내교는 김천택이 만든 『청구영언』에 서문을 써주면서 아양지

---

9) '전만제'라고 알려져 있음.

계의 감동을 다음과 같이 밝혔다.

> "백함(김천택의 호)은 노래를 잘 부를 뿐만 아니라 스스로 신성(新聲)을 만들었고, 또 거문고를 잘 타는 전악사(全樂師)와 더불어 아양지계(峨洋之契)를 맺었다. 전악사가 거문고를 연주하고 백함이 이에 맞추어 노래하면, 그 소리가 맑아서 가히 귀신을 감동시킬 만큼 밝고 화기로움이 드러났다. 두 사람의 기예는 한 시대의 묘절(妙絶)이라 일컬을 만하다. 내가 일찍이 우울하고 병이 들어 쓸쓸함을 달랠 즐거움이 없을 때면, 백함이 반드시 전악사와 같이 찾아와서 이 작품들을 취하여 노래를 불러 나로 하여금 한 번 듣고 그 아득하고 우울한 심정을 씻어내도록 하였다."

❀ 소규모 동호인들의 활동 활발

『청구영언』시대는 약 한 세대 정도 뒤에 이어지는 김수장 시대(해동가요)보다 가곡을 좋아하는 선가자들이나 가객들의 활동이 비교적 소규모로 이루어졌다. 이 시대 풍류인들은 대단위 가단을 형성하지 않고 여기저기서 가곡을 애호하는 인물들이 산발적으로 활동하고 있었다.

그래서 김천택이 『청구영언』을 만들 때 당시 새로운 가곡 작품을 수집하는 경로가 쉽지 않았는데, 이러한 어려움에도 김천택은 선가자의 명성을 듣고 오랜 수소문 끝에 작품을 찾아내는 수고를 아끼지 않았다. 대개는 다른 가객들의 소개로 이들 작품을 발굴한다. 그 대표적인 예가 동시대 대표적인 선가자 6명의 발굴과 소개이다. 김천

택은 이들을 '여항 6인'으로 묶어서 편집하고, 개개 작가(곧 선가자)
마다 발문을 붙였다. 바로 이 발문에 그 발굴 경로를 밝혔다.

장현, 주의식, 김삼현, 김성기, 김유기, 김천택 이들 6명은 다음과
같다.

❶ 장현 ― 1수

장현은 역관이다. 안동 장씨 집안을 유명한 역관 집안이 되게 하
는데 중추적인 역할을 한 인물이다. 그는 병자호란 후 소현세자와
봉림대군이 심양에 갈 때 통역으로 수행하여 6년간 머물기도 하였
다. 또 귀국 후에는 당상관이 되었고 이후 40여 년간 30여 차례나
북경을 드나들기도 했던 인물이다. 그가 이룩한 부(富)도 상당하여
당시 궁중에까지 알려졌을 정도라 한다. 한편 그의 조카가 바로 숙
종 때의 유명한 장희빈이다. 그러나 장희빈과 그의 오빠 장희재가
득세할 때, 그는 이 두 조카를 멀리하여 장희빈과 장희재가 죽을 때
화를 모면할 수 있었다고 한다.

❷ 주의식 ― 10수

김천택은 주의식의 작품을 다 얻지 못한 것을 한으로 여기다가
비로소 가객 변문성을 통해 '전편(全篇)'을 구했다고 한다. 주의식은
무과 출신으로 칠원현감을 지냈다.

(김천택이 쓴 발문) "내 일찍이 주공도원(朱公道源 주의식)이
지은 새 노래를 한 두 수 보았으나 오직 그 전부를 얻지 못하여

한스럽더니, 변문성이 나를 위하여 전편을 얻어 보여 주었다. 내가 세 번을 거듭 읽으니 그 노랫말이 정대(正大)하고 그 뜻이 미완(微婉 은근함)하여 모두 성정에서 우러나온 것이 실로 풍아의 도운이 있었다. 저 옛적의 민풍(民風)을 살피는 자로 하여금 이를 수집하게 한다면, 이 역시 진시(陳詩)들 사이에 들었을 것이다. 대개 그 작품을 음미하여 그 사람됨을 본다면, 공은 반드시 이 세상 사람이 아니라고 하겠다. 오호라, 공은 다만 이에 능한 것이 아니라, 그 몸가짐이 공검(恭儉)하고 그 마음씀이 염정(恬靜)하여 군자(君子)의 풍도가 있었다."

❸ 김삼현 - 6수
주의식의 사위. 절충(곧 절충장군. 정3품의 무반직)을 지냄.

❹ 김성기 - 8수
김성기는 『청구영언』 시절에 단연 뛰어난 거문고 장악원 악사이자 동시에 가곡 명인이었다. 김성기의 음악 애호와 인물됨은 당대부터 아주 유명했다. 그 중에 두 가지가 특히 널리 알려져 있다.

하나는 거문고주자 왕세기로부터 거문고를 배울 때의 이야기이다. 왕세기가 모든 곡을 다 알려주지 않자, 매일 밤마다 몰래 왕세기의 집 창문 아래서 그가 타는 곡을 듣고 돌아와 다시 익혀 왕세기의 모든 곡을 다 전수할 수 있었다고 한다.

다른 하나는 당시 권력을 함부로 행사하던 목호룡의 잔치에 초빙됨을 거절한 이야기이다. 목호룡은 당대 이름 높은 거문고 명인 김성기를 초청하기 위해 좋은 안마를 갖춘 말을 종자와 함께 보냈다. 그런데 김성기는 목호룡이 고변(告變)을 잘 일으킨다고 하니, 이제 내게도 그렇게 할 수 있겠지만 자기는 이미 나이가 많으니 상관없다며 심부름꾼을 향해 벼락같은 소리를 질러 거절했던 것이다. 이 일을 전해들은 목호룡은 부끄러워 더 이상 잔치를 계속 할 수 없었다고 한다.

(김천택의 발문) "나는 일찍부터 가벽(歌癖)이 있어 국조 이래의 명인(名人 이름 있는 벼슬아치)과 이항(里巷 위항인들)의 작품을 수집하였는데 대략 한 권의 책을 이루었다.

그런데 유독 어은(漁隱) 김성기의 가보(歌譜)만은 왕왕 세상에 전하여 읊조려지기는 해도 그 전보(全譜)를 아는 자가 드물어 널리 구하여도 얻을 수가 없어 마음속으로 늘 한스럽게 생각했다.

지난번 김중려 군을 만났는데 김군은 어은의 평생 친구이다. 내가 말하기를 '그대는 일찍이 어은을 따라 지낸 지 오래 되었고, 그가 지은 노래가 많으리라 생각되는데 기록하여 둔 것을 내게 보여 주겠는가' 하니, 그가 대답하기를 '제가 어은과 강호에서 함께 지낸 지가 대개 십 수 년으로서 그 평일에 회포를 푼 것과 흥을 부친 것을 적어 둔 것이 많습니다. 그런데 그 가운데 유연히 사람을·감동시킬 만한 것들이 많은데도 어리석은 사람들이 알아주지 않는 까닭에 상장 속에 감추어 두고 호사자를 기다린 지가 오래입니다. 선생의 말씀이 이와 같으니 이 노래들이 장차 세상에 퍼지게 되겠군요.'라고 하면서 드디어 그 전편을 내게 건네 주었다. 세 번을 거듭 읊어보니 그가 질탕한 산수에서 얻은 지취가 노랫말의 밖에 저절로 드러나 표표하게 세상 밖으로 높이 날아오르는 뜻이 있었다.

대개 어은은 천지 간에 소요하는 한가로운 사람이다. 무릇 음률에 오묘한 깨달음이 있었으며 본성이 강산을 좋아하여 서호가에 작은 집을 하나 얽어 놓고 어은(漁隱)이라 스스로 호를 삼았다. 꽃피는 아침과 달뜨는 저녁이면 거문고를 어루만지기도 하고 버드나무가 서 있는 물가에서 통소를 불며 연파를 희롱하고, 갈매기를 친압하며 기심을 잊고, 고기를 바라보며 즐거움을 알아 스스로 육체의 구속에서 놓여났으니 이것이 그가 자유롭게 살아가면서도 가곡을 뛰어나게 잘 하는 까닭인가."

⑤ 김유기 – 10수

김천택은 김유기의 가곡 작품을 직접 그의 집에서 얻어 보고 『청구영언』에 싣게 된다. 장현, 주의식, 김삼현, 김성기는 항간에 알려진 명성으로 그들의 작품을 수집하게 되었다면, 김유기는 김천택 자신이 잘 알고 있는 선가 중의 하나인 까닭에 그의 작품을 거두어 가집에 넣게 된 경우이다. 어떤 경우이든 이 시대는 수많은 사람이 모여 가단 활동을 벌이지 않았음을 알 수 있다.

김유기는 나중에 대구의 가객 한유신 초청으로, 대구의 가곡 애호가들에게 한양에서 그가 익힌 가곡을 전수하게 된다. 그리고 끝내 경상도에서 그의 생을 마감한다. 그때의 활동은 한유신이 만든 『영언선』이라는 가집으로 남겨져 있다.

(김천택의 발문) "김유기는 선가(善歌)로서 이름났다. 내가 병신년에 한 번 그의 집을 방문하여 상자 속에 넣어 두었던 일편(一篇)의 가집을 얻어 열람하니 스스로 지은 바 새로운 노래였다. 그가 나에게 고쳐줄 것을 요구하였다. 내가 말하기를 '그 노랫말을 보니 뜻의 지극한 경지를 표현했고 음률에 해합하니 실로 악보 가운데 뛰어난 가락이다. 재주 없는 나이니 어찌 군더더기 말이 허용되리오' 하고 서로 문답을 나누다가 돌아왔다. 한 두 해 사이에 이미 옛 자취가 되어 버렸으니 조자건이 가졌던 감회가 이에 이르러 지극하다. 나는 이에 그가 남긴 곡들을 주워 세상에 펴고 전하여 썩지 않게 하고자 한다."

⑥ 김천택 - 30수

❋ 대가문 안동 김씨 집안의 풍류를 즐긴 사람들과 가객 김천택

『청구영언』의 제일 마지막 부분에는 당대 사대부 작가 작품으로 김창흡, 김창업, 최성최, 신정하, 조관의 작품을 싣고 있다.[10] 이들은 모두 당대 실세였던 노론 명문가에 속한다. 특히 이들 중에서 김창흡, 김창업은 안동 김씨로 대노론 가문이면서도 벼슬에 나아가지 않고 풍류 예술에 전념한 것으로 유명하다. 이들이 실세의 한가운데 있으면서도 벼슬하지 않은 것은, 그들의 부친(김수항)이 당쟁에 휩

___

10) 가집들은 대부분 오래된 작가 순으로 편집된다. 그래서 당대 작품들은 제일 마지막에 실린다.

싸여 희생을 당했기에 그 전철을 밟지 않으려 했기 때문이다. 그래서 이들 주변에는 당대 예술과 학문을 사랑하는 사대부와 중인계급 사람들이 많이 드나들었다.

그런가하면 『청구영언』에 서문을 써준 정내교는 중인이면서, 이들 노론 가문을 드나들며 그들의 자제를 가르친 사람이다. 이 정내교가 바로 아양지계(김천택과 전악사)의 음악으로 마음을 다스렸다는 사람이다.

또 『청구영언』에 발문을 써준 이정섭(마악노초)은 김창업의 처조카이다. 그리고 이정섭은 고모부인 김창업, 김창흡 문하에서 공부했다.

결국 당시 서울의 사대부들이야 수없이 많았겠지만, 김천택은 특히 권력의 핵심이었던 노론 그 중에서도 안동 김씨 대가문에서 벼슬을 하지 않고 전 생애를 풍류와 학문으로 살았던 인물과 깊은 예술적 교류를 가졌고, 그 결과를 그의 『청구영언』에 담아내었던 것이다. 이 시대가 전문 가객의 시대가 될 수 있었던 것은, 바로 이 같은 대가문들의 예술에 대한 애호와 지원이 있었기 때문이다.

그리고 그 보다 더 중요한 것은 『청구영언』이라는 가집을 통해 볼 때, 대사대부들과 중인계층 사람들이 '예술', '풍류', '음악' 안에서 계급이 사라지고 오직 예술적 취향으로 하나가 되고 있다는 것이다. 『청구영언』이라는 최초의 가집은 이런 의미에서 더 뜻 깊다고 하겠다.

『해동가요(海東歌謠)』

- 역대 유명한 가객 명단(고금창가제씨)모음 -

66 이는 작품을 만든 '작가'가 아니라 노래를 부른 '선가자', '가객'들의 명단이라는 점에서 특별하다. 즉 노래 가사의 창작 여부와 상관없이, 노래를 잘 부른 '명인'들에 대한 최초의 본격적인 예술적 대우 내지 평가라고 할 수 있는 것이다. 99

노가재(老歌齋) 김수장

'노가재'라는 호를 가진 가객 김수장. 그는 병조(오늘날 국방부)서리로 김천택과 같이 중인 출신이다. 서리라는 직(職)은 아주 낮은 자리이지만, 해당 행정부의 실질적인 일을 수행하는 자리이다. 따라서 단순히 중인 또는 서리직이라는 이유만으로 낮게 평가할 수 없다. (이는 오늘날 우리가 당대인들을 지나치게 양반/중인/평민과 같은 신분계급으로 뚜렷하게 나누어보려는 인식에서 기인한다.)

중인 계층 내에도 정내교[1]처럼 양반 자제를 가르칠 만큼 학식이 뛰어난 계층이나, 김천택처럼 시(詩) 삼백수를 능히 외우는 훌륭한 인품으로 평가되는 계층도 있기 때문이다. 김수장 역시 병조의 실무를 담당했던 서리 출신이니 이미 그 시대의 엘리트 계급에 버금가는 인물이었던 것이다.

김수장은 자기 시대 노래를 30년 전, 곧 한 세대 전의 노래들과 비교하여 이렇게 진단한다. 30년 전에는 깊은 산속이나 폭포가의 소나무 아래에 삼삼오오 모여 종일토록 노래 연습을 해서 일가를 이룬 사람들이 많았는데, 지금은 이렇게 연습하여 높은 노래 경지를 이룩한 이들이 적어 안타깝다는 것이다. 그래서 예전 선가자들의 모습을

---

1) 『(진본)청구영언』에 서문을 써 줌.

망망대해로, 그리고 자기 시대 노래하는 사람들의 모습을 실개천에 비유했다. 여기서 30년 전은 바로 김천택 시대(청구영언)를 말한다. 선배 시대와 자기 시대의 비교라고 할 수 있다.

달리 말하면, 자기 시대를 이렇게 진단할 만큼 명가(名歌)가 되기 위해서 쉼 없는 연습이 필요하다는 것을 역설하며, 쉽게 가객이라는 이름으로 활동을 하는 낮은 노래 수준의 사람들을 경계한 것이다. 그만큼 가곡이 그 높은 예술적 경지를 지킬 수 있기를 바랐던 것이다. 그의 이러한 바람이 바로 전 시대와 다른 『해동가요』를 만들도록 했던 것이요, 스스로 이 정도라야 명가라고 할 수 있다는 '56인의 선가자 명단'을 작성하게 했던 것이다.

아! 옛 고인(古人)의 풍의(風儀)로 지금 제군자들의 호유(豪遊)를 바라본다면, 넓디 넓은 대해(大海)를 가는 것과 누누(漏漏)하게 흐르는 세류천(細流川)이라 할 수 있으니, 진실로 한심하다. 30년 전에는 수풀을 벗어난 유벽지처(幽僻之處)와 폭포 가의 장송(長松)의 아래에서 삼삼오오 모여 종일토록 창(唱)을 익혀, 마침내 성가(成家)를 이룬 사람들이 많았다. 지금에는 어찌하여 이러한 사람들이 영영 끊기게 되었는지를 모르겠으니, 어찌 애석하지 않겠는가.

『해동가요』의 편찬 및 체제

『해동가요』는 김천택의 『청구영언』보다 한 세대 후, 곧 대략 30년 후에 만들어진 가집이다. 현재 4권이 남아있는데, 박씨본, 주씨본(한글학자 주시경 소장본), 일석본(국어학자 일석 이희승 소장본), 정씨본(국문학자 정재호가 미국 버클리대에서 발굴 소개한 것)이다.

이렇게 김수장의 『해동가요』가 많아진 것은, 처음 『해동가요』를 편찬한 후에도 김수장이 계속적으로 작품을 모아 그 개정본을 내놓았기 때문이다. 개정본마다 날짜를 기록해 놓아 여러 차례에 걸쳐 개정되는 과정을 거쳤음을 알 수 있다. 가곡에 대한 가객 김수장의 열의는 만년이 되도록 조금도 식지 않고 오히려 더 커져만 갔던 것이다.

『해동가요』는 첫 가집인 『청구영언』보다 한 세대 후에 만들어진 만큼, 그 사이 가곡의 변화를 가집에 담아내고 있다. 우선 작품수도 『청구영언』보다 다소 많고(대략 600수 내외), 새로운 작품 발굴에 주력하여 작가는 무려 90여명(『청구영언』은 56인)에 이른다. 또한 그 사이 새로운 악곡이 출현하기도 했다. 그것은 '소용'이다. 또 『해동가요』는 현존 가집들 중에서 처음으로 가집 앞부분에 '악조(樂調)', '사성(四聲)', '악곡의 풍도형용(악곡의 특징을 설명한 것)' 등 음악관련 설명들을 싣기 시작했다. 좀 더 뚜렷하게 가집이 노래의 대본임을 음악적으로 인식하기 시작한 가집이라는 뜻이다.

'소용'이 만들어진 과정에 대해서는 다음과 같은 이야기가 전한다.

'소용'은 가객 박후웅이 만든 악곡이라고 한다. 박후웅의 아버지 박상건도 가객이다. 부자가 가객으로 이름이 높았던 것이다. 가집에는 박후웅이 기존의 한 악곡을 청성(淸聲), 곧 높은 소리로 변주시켜 만들었는데 세상 사람들이 그 곡을 좋아하여 널리 부르게 되어 가곡으로 정착하게 되었다고 설명하고 있다. 가곡의 악곡이 기존의 곡들을 변주시켜 만들어지는 과정과 그것이 가객의 손에 의해 이루어졌음을 옛 가집이 직접 말해주고 있는 것이다.

박후웅이 만들었다는 소용의 대표적인 곡이 이곳에 소개되고 있는데 노래와 해설은 다음과 같다.

> 아함 긔 뉘옵신고 건너 불당 동자승 내 오러니
> 홀거사 혼자 자는 방안에 무삼일 하러 와 계오신고
> 홀거사님 노감토 벗어 건 말 곁에 내 곳깔 벗어 걸러 왔슴네

이 일편은 예전의 악희지곡(樂戲之曲)이다. 그런데 근자에 별장 박후웅(옛 상건의 아들)이 청음의 청성으로(屬黃鐘汰呂少商也 황종태려소상에 속함) 한 곡을 만들어서 사람들의 이목과 마음의 악(樂)을 기쁘게 하였다. 세상 호걸들이 널리 입에 올리니, 이것이 이른바 소용이다.

이 가집은 당대까지 알려진 가객들의 명단(古今唱歌諸氏 고금창

가제씨)을 따로 정리한 것이 특징이다. 이는 작품을 만든 '작가'가 아니라 노래를 부른 '선가자', '가객'들의 명단이라는 점에서 특별하다. 즉 노래 가사의 창작 여부와 상관없이, 노래를 잘 부른 명인들에 대한 최초의 본격적인 예술적 대우 내지 평가라고 할 수 있는 것이다.

이들 명단에는 무려 '56인의 선가자' 이름이 거론되고 있다. 이는 김수장이라는 한 개인이 명가로 꼽을 수 있는 만큼의 숫자이다. 한 개인이 언급할 수 있는 숫자가 이 정도라면 이 시대는 이보다 훨씬 더 많은 가객들이 활동하던 시대이고, 이들 가객들에게 창작자 못지 않은 찬사를 보내던 시대였음을 알 수 있다.

우리가 익히 들어온 이세춘도 이 명단에 들어 있다.

그러나 더 많이 활동했을 여성 가객들, 곧 기녀들은 거론하지 않았다. 가기(歌妓)들이 이들 가객보다 실력이 낮아서라기보다, 가기는 언제나 가장 다수를 차지하며 그 시대 아주 보편적인 명가들로 이미 활동했기 때문이었을 것이다. 그런 점에서 이 가객 명단은 바로 이 시대가 본격적으로 남성 전문 가객들이 등장하던 시대이고, 그래서 별도로 명단을 만들게 되었음을 알 수 있다.

김수장의 풍류방 '관덕재'와 '노가재'

김수장의 첫 『해동가요』는 '관덕재(觀德齋)'에서 만들어졌고, 이후 개정본은 '노가재(老歌齋)'에서 만들어졌다. 재(齋)는 고건축물에서

한 부속건물을 일컫는 말이다. 이 중에서 노가재는 그의 호이기도 하다. 김수장은 만년에 노가재를 새로이 짓고, 그곳에서 여러 가객들과 가곡을 즐기면서『해동가요』를 수정 보완했던 것이다. 널리 알려진 '노가재 가단'이라는 말은 바로 여기서 비롯되었다. 노가재 가단에 대해서는 김수장이 만든 또 다른 가집에서 이야기하기로 한다.

그런데 여기서 눈여겨 보아야 할 것은 바로 이 재(齋)에서 가집이 편찬되고, 가객들이 드나들며 가곡을 불렀다는 것이다. 그렇다면 가객들의 노래가 있고 반주를 위한 여러 악기가 갖추어져 있으며, 가창대본으로 가집을 만들기도 했던 이 공간은 바로 '그 시대의 풍류방'일 것이다. 김수장은 한창 때에 관덕재, 그리고 늘그막에 노가재라는 자신의 풍류방을 가지고 있었던 것이다. 오늘날 노래하는 사람들이 흔히 갖기를 소망하는 개인의 스튜디오, 그 역사를 서양에서 찾을 것이 아니다. 이미 우리에게 오랜 음악 스튜디오의 역사가 있었던 것이다. 김수장은 만년에 아주 가난했다고 하는데 그런 가난속에서도 새로이 노가재라는 가객들의 풍류공간을 마련했고, 그곳에서 적어도 두 개 이상의 가집을 만들었다는 점, 이것이 바로 김수장이란 음악가의 열정이라고 하겠다.

노가재에서 만들어진 『해동가요』

『해동가요』는 여러 차례 증보 · 수정되어 편찬된 가집이다. 첫 번째 세상에 빛을 본『해동가요』는 김수장의 개인 풍류방 관덕재(觀德

齋)에서 만들어졌고, 김수장 생애 말년에 개정된 『해동가요』는 그의 또 다른 풍류방 노가재(老歌齋)에서 만들어졌다.

이번에는 말년의 음악 거처였던 노가재와 그곳에서 마지막으로 개편된 『해동가요』에 대해 이야기해 보기로 한다.

우선 노가재가 있던 곳은 한양의 화개동이다. 서울 광화문에서 안국동에 이르는 그 사이 어디쯤이었던 것 같다. 창을 열면 서쪽으로 인왕산과 필운대가 보이고, 동쪽으로 낙산(지금의 혜화동 성균관대와 대학로 근처)이 보이는, 아주 경치 좋은 곳이었다고 한다.

이 노가재를 김수장은 그의 나이 71세 되던 해에 새로 지었다. 생애 마지막 십 년을 이곳에서 보냈는데, 아침부터 저녁까지 하루 종일 노가재에서는 길고 짧은 온갖 노래들이 끊이지 않았다고 한다. 심지어 집이 가난해서 식구들이 넉넉치 못한 생활을 했지만, 그는 노래에 뜻을 둔 것을 굽히지 않고 담담히 노래에 정진했다고 한다.

71세에 노가재라는 새로운 풍류방을 만들고, 80세로 세상을 떠날 때까지 노가재를 경영했으니 김수장의 가곡 사랑을 짐작할 만하다. 특히 70대 들어서도 결코 식지 않는 노래 열정과 새로운 풍류방 경영, 그리고 그곳에서 자신이 삼십년 전에 만들었던 가집(해동가요)을 대폭 증보하고 개편했던 성실함이 놀랍기만 하다. 김수장은 그야말로 가객의 삶이란 무엇인가를 잘 보여준 사람이라고 생각된다.

노가재의 '노가(老歌)'라는 것은 요임금 때의 '격양가'를 말한다. 요나라 때, 한 농부가 손으로 배를 두드리고 발로 땅을 구르며 노래하기를,

해뜨면 일하고, 해가 지면 쉬네
밭을 갈아 밥 먹고, 우물 파서 물 마시니
임금님의 힘이 내게 무슨 소용인가

라고 했다고 한다. 그만큼 요임금 때는 백성들이 임금이니 정치니
하는 것을 잊을 만큼 태평세월이었다는 뜻이다. 김수장은 이 노래를
본 따 집 이름을 노가재라고 했다. 태평시대의 노래로 집 이름을 삼
았으니, 가객의 거처로 이보다 더 적당한 이름이 없을 것이다. 또 노
가재라는 말 자체가 그가 가곡을 어떻게 생각하고 있었는지를 아주
잘 말해 준다.

이 노가재에서 증보 개편한 『해동가요』는 오늘날 '주씨본(한글학
자 주시경 선생 소장본)'으로 알려진 가집이다. 바로 이 주씨본에는
노가재에서의 김수장의 음악생활을 노래한 가곡 작품도 적지 않게
실려 있다. 몇 수를 소개해 본다.

이 몸 생긴 후에 성대(聖代)를 만나오니
요천일월(堯天日月)이 대동(大東)에 밝았세라[2]
우로(雨露)의 덕택이 넓으시어 못내 즐겨 하노라[3]

김수장 때 임금님은 성치를 한 것으로 알려진 영조이다. 김수장
은 영조 임금 시절을 (태평)성대라고 생각하고, 이 시대를 중국의 성

---

2) 요임금 때 해와 달이 우리 조선에 밝았다.
3) '우로의 덕택'이란 임금의 은혜라는 말.

군 요임금 시절과 맞먹는 시절이라고 생각했다. 이런 좋은 시절을 만났으니 어찌 즐기지 않겠는가 노래한 것이다. 이 노래는 그가 당시 새로 지은 노가재 이름이 어디서 왔는지(곧 요임금 때 평안했던 한 노인이 부른 노래)를 말해준다.

> 누실(陋室)은 부족하나 십경(十景)이 버러잇고
> 사벽도서(四壁圖書)는 주인옹(主人翁)의 심사로다
> 이밖에 군마음 없은 이는 나뿐인가 하노라

*누실 : 좁은 집   *십경 : 열 가지 경치
*사벽도서 : 네 벽을 가득 채운 책들   *주인옹 : 주인 노인

노가재에서 바라본 경치는 아주 아름다웠다고 한다. 그래서 그 아름다운 경치 가운데, 특별히 열 가지를 꼽아 스스로 '십경'이라고 했다. 예를 들면,

> 남쪽 누각에서 들려오는 종소리(종로2가 보신각의 종소리인 듯),
> 북한산의 서늘한 바람,
> 경복궁 경회루의 소나무 숲,
> 인왕산 아침 안개 등이다.

그런데 바로 이 십경의 마지막에 '내 노래와 벗의 거문고'도 들어 있다.

그는 바로 이 노가재 풍류방에서의 노래 연주를 '십경'으로 꼽기까지 했던 것이다. 그의 노래 자부심과 노가재 경영의 만족감은 이

정도였다.

또 사벽의 책이라고 했는데 그의 평생이 『해동가요』와 함께 하는 일생이었으니 노가재의 책들이란 당연히 음악책들이었을 것이다. 노가재 풍류방 안에 악기와 함께 가곡 가집들, 금보 같은 악보집들이 가득했던 모습을 알 수 있다.

이 속에서 70세가 훌쩍 넘어선 백발이 성성한 주인 김수장은 '군 마음', 곧 다른 것을 바라는 마음이 전혀 없다고 했다. 오직 노래만이 그의 인생을 채우고 있었던 것이다.

성음(聲音)은 각각이니 절강고저(節腔高低)를 잃지 말고
오음(五音)을 채 몰라도 율려(律呂)를 찾아스라
진실한 묘리를 모르면 이름 서기 쉬우랴

사람마다 소리는 다 다르지만, 곡조(절강)의 높고 낮음을 잃어서는 안 된다고 말한다. 또 오음을 몰라도 율려를 찾으라 했으니, 이는 달리 말하면 이론을 다 몰라도 율려는 찾아가라는 뜻이다. 이렇게 해서 가곡의 오묘한 이치를 알아야 '선가자로서의 이름'을 세울 수 있다고 노래하고 있다.

이제는 다 늙거다 무스 것을 내 알든가
울 아래 황국(黃菊)이요, 안상(案上책상)의 현금(玄琴거문고)이로다
이 중에 일권가보(一卷歌譜)는 틈없은가 하노라

이 노래는 다 늙은 지금 내게는 오직 한 권의 가보(歌譜)만 남았음을 노래한다. 노가재 울타리 아래에는 누런 국화가 피어 있고, 방 안에는 거문고가 놓여 있으며, 그 속에서 한권의 가집 곧 『해동가요』를 앞에 놓고 앉은 노인 김수장이 떠오른다.

> 내 소리 담박(淡泊)한 중에 다만 끼쳐 있는 것은
> 수경포도(數莖葡萄)와 일권가보(一卷歌譜) 뿐이로다
> 이 중에 유신(有信)한 것은 풍월(風月)인가 하노라

이 노래에서는 담백한 자기 노래 소리와 두어줄기 포도, 그리고 한 권 가집이 그의 생애라고 말한다. 노가재 뜰에는 포도나무가 심어져 있었던 모양이다. 여기 이 노래에서도 그는 자기 생애에는 오직 가집 한권이 모두라고 말한다. 이는 『해동가요』를 말하는 것이기도 하고, 가곡뿐이라는 뜻이기도 하다.

이렇게 노가재에서의 생활은 온통 노래였다.
노래하고, 한편으로 노래들을 모으고 다듬고 편집하고 교정보고 하는 가운데, 『해동가요』는 처음 만들어진 때로부터 30년 만에 다시 새로운 모습으로 재탄생되었다. 이 새로운 『해동가요』를 완성하고 뿌듯해 했을 김수장은 정말 가객 중의 가객이라 할 수 있을 것이다. 80세까지 가곡에 바친 김수장의 열정, 그리고 그 결과로 남은 『해동가요』는 오늘날 가곡을 듣고 배우는 우리에게 많은 생각을 하게 해준다.

걸작 가집 『해동가요』의 재탄생

『해동가요』의 재탄생이 노가재에서 이루어졌다는 이야기를 했다. 이번엔 '노가재 가단'의 활동이 『해동가요』를 만들었다는 이야기를 하겠다.

노가재는 김수장이 만들었지만, 이곳은 김수장만의 노래공간이 아니었다. 노가재에는 수많은 가객들이 드나들었다. 그가 평생의 꿈으로 말년에 노가재를 만들었던 것도 사실 이런 가객들의 온전한 노래 공간을 만들고 싶었기 때문이었다.

박씨본으로 알려진 첫 『해동가요』가 만들어진 곳은 관덕재라고 이미 앞에서 언급했다. 이 관덕재에 대해서는 자세한 이야기가 남아 있지 않다. 그곳도 적지 않은 선가자들이 드나들었을 것이다. 그러나 이때는 아직 그가 병조의 서리로 있으면서, 근무 후에야 음악에 전념할 수 있었으니 노가재 시절만큼 시간이 많지 않았을 것이다. 관덕재 시절, 김수장은 가곡을 익히며 노래에 대한 꿈을 키워갔던 것으로 보인다. 관덕재에서 만들어진 『해동가요』에는 '역대 선가자들의 명단'도 아직 만들어지지 않았다. 하지만 그의 벗인 시인 장복소가 관덕재에서 『해동가요』에 발문을 써 준 것으로 보아 이 시절에도 가곡을 좋아하는 이들이 이곳을 드나들며 가곡을 즐겼던 것을 알수 있다.

노가재에서 만들어진 개정본 『해동가요』에는 '역대 가객들의 명단이 들어있고, 또 노가재를 드나든 많은 가객들의 이름과 작품, 그리고 그들에 관한 일화와 간략한 노래평들이 들어 있다. 노가재가 관덕재보다 훨씬 풍류방의 규모를 잘 갖추고 있었고, 항간에 널리 알려졌던 것을 알 수 있다. 게다가 노가재의 주인 김수장은 이제 직업 일선에서 물러나 오직 노래에만 전념하고 있었으니, 가객들은 하루 중 언제든 노가재에 가면 주인을 만날 수 있고 언제든 노래를 연주할 수 있을 여건이 된 것이다.

그래서인지 노가재에는 그의 후배 가객들이 많이 드나들었다. 김수장이 젊은 시절 좀 더 노래하고 싶어 했듯, 이들 후배 가객들은 선배의 배려로 그의 풍류방에서 원하는 만큼 노래를 부를 수 있게 된 것이다.

이렇게 해서 노가재를 드나들며 잦은 연주회를 열었던 가객들은 상당한 수에 이르렀다. 그래서 오늘날 이들을 우리는 '노가재 가단'이라고 부른다. 주로 중인계층 중심이었지만, 반드시 그랬던 것은 아니고 드물게 사대부들도 끼어 있었다.

노가재 가단으로 활동한 몇 사람 가객 이름만 들어보면, 중인들 가객으로는 김우규, 김태석, 박희석, 문수빈, 김묵수, 김진태, 이덕함 같은 이들이 있고, 사대부 선가자로는 김두성이 있다. 김두성은 후에 김기성으로 개명(改名)했는데, 그는 정조의 누이동생인 청연(淸衍)공주와 혼인한 인물이기도 하다. 그 외 한시(漢詩)를 주로 짓던 시인이면서 이 가단에 드나들던 이들로는 김시모, 김두규, 김진태, 이덕함 등이 있다. 김진태, 이덕함은 한시 작가로도 알려져 있지만 동시에 『해동가요』에 많은 가곡 작품을 남긴 가객이기도 하다.

이렇게 다양한 많은 사람들이 노가재를 중심으로 노래를 했으니, 이들의 노래 경향과 취향은 상당히 비슷했을 것이다. '가단'은 곧 노래의 계보를 형성하게 되는 계기가 된다. 노래 계보는 노래 가사에서 나타나는 취향부터 소리의 음악적 특색에서 나타나는 취향까지를 모두 아우를 텐데, 현재 이들의 음악적 특징은 알 수 없지만 『해동가요』가 남아 있어 이들 '노래 가사의 취향'은 만날 수 있다.

가단에 참여한 다양하고 많은 인물들 그리고 항시 열려 있던 노가재라는 풍류 공간, 이런 것들을 생각하면 이 노가재 가단에서 『해동가요』 개정본은 필연적으로 나올 수밖에 없었다고 여겨진다.

그런데 이쯤에서 우리는 이 유명한 『해동가요』니 『청구영언』이니 하는 가집들에 대해 우리가 지금까지 가지고 있던 생각들을 조정할 필요가 있다. 우리는 이들 가집을 김수장이나 김천택이 만들었으니 편찬자의 것으로 생각한다. 그러나 『해동가요』 개정본 탄생은 단순히 김수장 가곡 활동의 총합이 아니라 당시 노가재 가단의 활발한 활동이 만들어낸 가집이다. 김수장은 대표 편찬자로서 가집 만드는 일에 주력한 사람이라는데 의의가 있지만, 『해동가요』에 실린 모든 노래들은 김수장 개인이 아닌, 노가재 가단의 노래 취향의 결산이었던 것이다. 『청구영언』 역시 모든 수고는 김천택의 것이지만, 이 가집을 만들기까지에는 다른 사람들의 의견을 묻는 일이 있었다는 사실을 기억해야 한다. 서문을 써주고 김천택의 노래를 자주 들었던 정내교 같은 인물이 있는가 하면, 당시 '만횡청류'로 일컬었던 오늘날 농, 낙, 편에 해당하는 긴 가곡 사설들을 가집에 실어야할지 말지를 망설일 때는 대사대부이며 선가자이기도 한 이정섭이란 인물을 찾아가 긴히 의논하기도 했다. 이같이 하나의 가집은 가객 개인의 노력으로 만들어지는 것이 아니고, 노래를 함께 향유한 사람들의 생각들이 합쳐져서 만들어진 것이다.

가집에 대한 우리의 생각을 조정할 필요가 있는 또 하나의 사실은, 이런 유명한 가집들이 너무도 당연히 한 시대를 대표한다고 여기는 생각들이다. 그러나 이 두 가집 모두 '서울'에서 활동하던 이들이 모을 수 있는 작품이나, 자기 주변의 가객 및 사대부들의 작품을 집중적으로 실었다. 특히 『해동가요』는 첫 가집과 개정본 사이 실린 작품들도 달라지고 있다. 관덕재 시절과 노가재 시절이 다른 것이다. 이 사이가 삼십년이니, 삼십년이면 한 세대의 차이가 있는 것이고, 속말에 '십년이면 강산도 변한다'는데 하물며 삼십년이 아닌가. 그래서 나중 가집은 노가재 가단에서 활동한 이들의 가곡에 대한 생각들이 많이 들어 있을 수밖에 없다.

당시 서울에서 활동한 이들이 이들만은 아니었을 것이다. 한 가단이 있었다면, 또 다른 가단은 얼마든지 있었을 것이다. 또 지방에도 가곡은 널리 퍼져 있었다. 가곡 반주를 실은 음악 악보들 중에는 다른 지역에서 만들어진 것도 많이 있다. 가곡의 경우도 지방에서 만들어진 것들이 있다. 『영언선』 같은 것은 대구지방 가객들의 활동 결과 만들어진 것이다.

우리는 가집이 한 시대 전체를 대표한다는 생각보다, 한 시대 한 지역의 특정 그룹의 가곡 활동과 취향을 담아냈다고 보아야 한다.

물론 '악곡'이라든지 '대표 작품'이라든지 하는 것들은 가집들마다 공통적으로 들어 있다. 그것은 어느 한 시대에 하나의 장르가 널리 퍼지는 것과 같은 현상이다. 또 어떤 예술이든 걸작은 시대를 넘어서며 사람들에게 감동을 주게 되기 때문에 공통적으로 실리게 되는 것이다. 그 외의 것들은 그 시대, 그 지역, 그 그룹의 예술적 취향이 선택하거나 만들어낸 것들이다. 노랫말을 실은 가집들에서 이런 현상은 더더욱 높을 수밖에 없다.

『해동가요』는 18세기 조선의 가장 도시적 공간이었던 서울에서, 그 중에서도 화개동이란 곳에 있었던 김수장의 풍류방 노가재에서 노래를 연마한 노가재 가단의 음악취향이 담겨 있는 가집이라고 생각해야 한다. 혹 가집을 너무 작은 영역에 국한시켜 축소해서 바라보는 것은 아닌가 하는 의구심으로 바라볼 수도 있을 것이다. 그러나 가집을 이렇게 특정 지역의 특정 그룹 속에서 만들어진 것으로 보면, 하나의 가집에 들어있는 가곡의 결결의 특징들을 세밀히 읽어낼 수 있다. 동시에 이러한 가집 하나를 통해 우리는 다른 지역 다른 그룹들이 가졌을 수많은 가집들을 떠올릴 수 있다. 물론 이 가집들은 현재 발견되지 않아 자세한 내용을 알 길이 없다. 그러나 중요한 것은, 한 시대가 낳은 다양한 가집들을 상상하면서 그 시대의 풍요로운 가곡 활동을 놓치지 않을 수 있다는 점이다.

그렇다면 『해동가요』는 뭇 가집 중에 우연히 남겨진 하나의 작은 가집일 뿐인가? 그리고 『청구영언』도 그런 가집일 뿐인가?

그렇지는 않다. 여전히 이 가집들은 아주 잘 짜여진 그 시대의 대표적인 가집이다. 이 가집이 삼백년을 지난 오늘날에도 남겨진 것은 역시 이들 가집이 오랜 세월 사람들에게 훌륭한 가집이라고 여겨졌기 때문이다. 말하자면 '걸작 가집'이라는 뜻이다. 바로 이 걸작 가집의 완성과 탄생에는 수많은 '이름 없는 가집'들이 있었다는 뜻이다. 이는 동시에 걸작 가집에 남겨진 그 시대의 대표적인 작품 못지 않게, 한 시대를 잠시 풍미하고 사라진 작품 또한 많다는 것을 말해준다. 또한 걸작 가집을 남긴 몇 몇 명가객들의 활동 못지않게, 가집에 이름을 올릴 기회를 갖지 못했던 수많은 이름 없는 가객들이 그 시대에 활동하고 있었다는 뜻이다. 얼마나 풍요로운 가곡 전통인가.

수많은 이름 없는 가객들, 수많은 작품, 이런 것들의 활동과 경쟁을 거쳐 걸작 가곡, 걸작 가집, 명가객이 탄생되었다. 우리는 하나의 가집을 통해 이러한 사실을 읽을 수 있는 안목을 가져야 할 것이다. 명창은 어느 날 문득 탄생하는 것이 아니라, 수많은 또랑광대들의 활동 결과 그 예술적 성취가 우뚝한 이들이 발견되는 것 아닌가. 가곡 역시 무수한 가객들과 무수한 가곡 향유자, 무수한 작품들이 널리 불리면서, 그 중 예술적 완성도가 높고 사람에게 감동을 주는 것들이 오늘날까지 남겨진 것이다. 그러므로 『해동가요』나 『청구영언』같은 유명 가집들은 오늘날에도 의미 있는 것이다.

동시에 우리는 『해동가요』와 『청구영언』이 그 시대의 가집 역할을 했듯이 우리 시대의 가집을 가질 수 있도록 해야 할 것이다. 그것은 더 많은 가곡 연주회를 갖고, 이 시대에 맞도록 더 많은 가곡 음반을 만들고, 더 많은 악보집을 만들고, 더 많은 가곡 창자가 나오고, 더 많은 이 시대 새로운 노랫말을 만드는 일이 될 것이다.

『해동가요』를 탄생시킨 김수장과 노가재 가단은 오늘날 우리에게 어떤 명인과 어떤 가단이 있는가 묻는 것 같다.

『해동가요』 시대의 뛰어난 작가 '이정보'

어느 시대나 그 시대의 명인, 저명한 작가가 있기 마련이다.(김천택은 대노론, 특히 대노론 가문의 김창업, 김창흡 등과 여항 6인을 특별히 소개했다.)

『해동가요』에서 새로이 등장하는 작가는 이정보이다. 이정보는 무려 82수라는 엄청난 작품이 수록될 만큼 이 시대 대표적인 작가이다.

이정보는 조선중기 뛰어난 시인으로 알려진 이정구의 후손으로 대제학을 역임했다. 대제학이란 당시 최고의 문장으로 알려진 사람만이 할 수 있는 특별한 자리이다. 바로 당대 최고의 문명(文名)을 날리던 석학 이정보가 동시에 이 시대 최고의 가곡 작가이기도 했던 것이다. 뿐만 아니라 장편의 가곡(사설시조, 또는 농, 낙, 편에 얹어 부를 수 있는 긴 노래 가사)도 다수를 지을 만큼 그의 가곡 세계는 넓었다.

그러나 이보다 더 흥미로운 사실은 그가 당시 서울 장안에서 최고의 인기를 누리던 여성 가객 '계섬'의 스승이라는 사실이다. 이정보는 음악을 아주 사랑해서 만년에 자기 집에서 많은 가기(歌妓)들을 길렀는데, 이들에게 악보에 따라 체계적인 노래공부를 시킨 것으로 유명했다. 그 여러 가기(歌妓)들 중에서도 계섬이 단연 뛰어나서 이정보는 그녀의 노래를 매우 아꼈다. 이렇게 이정보를 스승 삼아 공부한 계섬은 그 가르침을 통해 자신의 일가를 이루어 '계낭조'라는 자신만의 스타일을 이뤄 수많은 사람들에게 감명을 주었다. 특별히 이 일을 기억하고 있는 사람은 이때 이정보가 계섬을 여자로서 사사로이 좋아한 것이 아니라, 그녀의 노래 때문에 아꼈다고 전한다. 그만큼 당대인들에게 가곡은 음악 중에서도 아주 중요한 부분을 차지하는 영역이었다.

흔히 전문가객의 시대에는 중인계층의 여항가객들만을 떠올리는데, 이처럼 대석학 사대부도 전문가객과 함께 그 시대 가곡예술에 혼신을 다했던 것이다. 오늘 우리에게 전해진 가곡의 그 깊은 세계는 이렇게 해서 발전하고 전승되었던 것이다.

✺ 『청구야담』의 「평양의 성대한 풍류」

심용(1711-1788 심합천 합천 군수를 했다고 해서 붙여진 이름)은 재물에 대범하고 의를 좋아하며 풍류로운 생활을 스스로 즐겼다. 일세의 가희(歌姬), 금객(琴客)과 술꾼이며 시인(詩人)들이 몰려들어, 문전성시를 이루고 연일 손님들이 벅적거렸다. 장안의 잔치와 놀이에 심공을 청하지 않고는 벌일 수 없을 지경이었다.

당시 한 부마가 압구정(한명희가 한강변에 세운 정자, 지금 압구정동이라는 동명이 여기서 유래)에서 연회를 베푸는데, 심공과 상의 없이 거문고와 노래를 다 동원하고 빈객을 크게 모아서 한번 호탕하게 논 적이 있었다. 유명한 정자의 가을 밤, 월색은 물결에 부서지는데 흥겨운 기분에 넘쳐 있었다. 그 때 문득 강 위에서 퉁소 소리가 청아하게 올라오지 않는가. 멀리 바라보니 조그만 배가 둥실 떠오고 있었다. 한 노옹이 머리에 화양건을 쓰고 몸에 학창의를 걸치고 손에는 백우선을 쥐고 백발을 표표히 날리며 오롯이 앉은 것이 아닌가. 옆에 청의를 입은 두 동자가 좌우로 시립하여 옥퉁소를 비껴 불고 있었고, 배에 실린 한 쌍의 학은 너울너울 춤을 추었다. 신선 중의 한 분일시 분명하였다.

정자 위의 노래와 풍악은 저절로 그치고 모두들 난간으로 몰렸다. 혀들을 차며 선망의 눈초리를 강에다 쏟아서 연회장은 한 명도 없이 텅 비고 말았다. 부마는 흥이 깨짐을 분히 여기고 소정(작은 배)을 타고 나아가니 다름 아닌 심공이었다. 서로 바라보고 껄껄 웃었다.

"공이 나의 좋은 놀이를 압도하시는구려"

그리고 심공을 맞아 함께 실컷 놀고 파했던 것이다.

어느 재상이 평양감사를 제수 받고 발행하게 되었다. 감사의 중형이 영상의 직에 있어 홍제교(서울 무악재 너머 홍제원에 있던 다리) 상에서 전별연을 배설해 보내는데 성문 밖으로 수십 량 수레와 인마가 길을 메웠다. 구경꾼들은 모두 입을 모아 복력(福力)을 칭송하는 것이었다.

"당체지화(棠棣之花) 악불위위(鄂不韡韡)"4)

그 때 소나무 숲 사이로 한 필의 말이 달려 나왔다. 마상의 한 사람이 몸에 누빈 자주 빛 갓옷을 입고, 머리에 칠색 촉묘피 남바위(검정 촉묘피로 만든 방한용 모자)를 쓰고, 손에 채찍을 쥐고서 안장에 버티고 앉아 좌우를 돌아보는 풍채는 보는 사람들을 감탄케 하고야 말았다. 미희(美姬) 3,4명이 머리에 전립(戰笠 군이 쓰던 벙거지)을 얹고, 몸에 짧은 소매의 전복(短袖戰服 군복의 일종으로 다른 옷 위에 받쳐 입는 것)을 걸치고, 허리에 수록남전대(水綠藍纏帶 푸른 색깔의 띠)를 띠고, 발에 꽃무늬 수놓은 운혜(雲鞋 여자의 마른 신의 한 가지. 앞코에 구름 모양의 무늬가 있음)를 신고, 쌍쌍이 뒤를 따르고 있었다. 그 뒤로 또 5,6명의 동자가 청삼자대(靑衫紫帶)를 하고, 제각기 악기를 들고서 마상 연주를 하는 것이었으며, 사냥꾼이 보라매를 팔목에 받고, 사냥개를 부르며 숲 사이에서 뛰어 나왔다.

구경꾼들이 담을 치고서 부르짖었다.

"저 양반 심합천이지."

과연 그였다. 구경꾼들이 한숨을 쉬며 말하기를,

"우리네 인생이 세상에 붙어 있음은 백마가 문틈으로 지나가는 것이나 다름없으니, 정말 마음대로 즐거움을 실컷 누릴 것이라. 아깟번의 전별연도 성사가 아닌 바는 아니지만, 자고로 공명은 실패가 많고 성공이 적다고 하였다. 게다가 참소를 근심하고 시기를 두려워 가슴을 조리는 데야 어찌 마음을 유쾌히 뜻에 맞고 호탕하게 자오

---

4) 당체지화 악불위위: '당체꽃이여! 환히 빛나지 아니한가'라는 말인데 형제간에 우애함을 비유하여 쓴다. 당체는 산생도나무로 '상체'라고도 함.『시경』소아 상체편.

(自娛)하며 신외(身外)의 근심을 잊는 것만 같겠느냐."

드디어는 서울 사람들 간에 웃음의 말이 되어

"전별이냐, 사냥이냐? 차라리 사냥을 나갈지언정 전별을 받지 않겠다."

하였으니, 심공이 선망의 표적이 되었던 것을 알 것이다.

어느 날 심공이 가객 이세춘과 금객 김철석, 기생 추월, 매월 계섬들과 초당에 앉아서 거문고와 노래로 밤이 이슥해 갔다. 심공이 말하기를

"너희들은 평양을 보고 싶지 않느냐?"

"가 보고 싶은 마음은 간절하오나 아직 가보지 못했사옵니다."

"평양은 단군, 기자 이래로 오천년의 문물이 번화한 고도이다. 그림 가운데 강산이요, 거울 속의 누대라, 가위 국중 제일이니라. 나 역시 아직 가보지 못했구나. 내가 들으니 평양감사가 대동강 위에서 회갑잔치를 벌인다는구나. 평안도 모든 수령들이 다 모이고 명기 가객이 뽑혀 오는데 육산주해(肉山酒海)를 이룬다고 벌써부터 선성이 대단하다. 아무 날이 바로 잔칫날 이라는구나. 한 번 걸음에 심회를 크게 발산할 뿐더러 전두(纏頭 비단을 머리에 감아준다는 뜻으로 花代를 말함)로 돈과 비단을 많이 받아 올 것이니 이 어찌 양주학(楊州鶴 신선이 되어 학을 타고 양주자사가 되어 간다는 말로, 둘 이상의 욕망을 동시에 달성하는 것)이 아니겠느냐?"

모두 손뼉을 치며 기뻐하고 곧 길채비를 해서 떠났다.

그들은 금강산 유람을 간다고 소문을 내고 종적을 감추었다. 그

리고 딴 길로 평양 성내에 잠입하여, 외성(外城)의 조용한 곳에 처소를 정하였다.

그 다음날 잔치가 열렸다. 심공은 소정 일척을 전세 내어 청포 차일을 치고, 좌우에 주렴을 드리우고, 배 안에다가 기생과 가객, 악기들을 실었다. 그리고 배를 능라도와 부벽정 사이에 숨겨 두었다.

이윽고 풍악은 하늘을 울리고 돛배가 강물을 뒤덮었다. 감사는 층배에 높이 앉고 여러 수령들도 모두 모여서 잔치가 크게 벌어졌다. 맑은 노래와 묘한 춤에 그림자는 물결 위에서 너울거리고 성머리와 강둑에 인산인해를 이루었다.

심공은 이에 노를 저어 나아가서 층배가 마주 바라보이는 곳에 배를 멈추었다. 저쪽 배에서 검무를 하면 이쪽 배에서도 검무를 하고, 저쪽에서 노래를 부르면 이쪽에서도 노래를 불렀다. 마치 흉내를 내는 것 같았다. 저쪽 배의 사람들이 괴이하게 여기고 즉시 비선(飛船)을 내어 잡아오게 하였다. 이쪽에서는 노를 빨리 저어서 달아나 종적을 감추었다. 비선은 더 쫓지 못하고 뱃머리를 돌리고 말았다. 그러면 다시 노를 저어 나오는 것이었다. 이렇게 몇 번 거듭되매 비로소 심상치 않게 보았다.

"저 배를 바라다보니 검광이 번쩍이고 가무성(歌舞聲)이 구름을 가로막는구나. 결코 먼 시골의 심상한 사람들이 아니겠다. 그리고 저 주렴 가운데 학창의(鶴氅衣)를 입고, 화양건(華陽巾)을 쓰고, 백우선(白羽扇)을 든 저 노옹은 의젓이 앉아서 태연자약하게 담소하는 품이 어떤 이인(異人)이 아닐까?"

감사는 드디어 선장에게 비밀히 영을 내려 십여 소선이 나가 일제히 포위해서 끌고 오도록 하였다.

심공이 끌려서 층배 머리에 이르자 주렴을 걷고 껄껄 웃었다. 감사는 본래 심공과 친분이 깊은 터라 심공을 보니 넘어질 듯 놀라며 반가워했다. 그리고 서로 노는 재미를 비교해 묻는 것이었다.

선중에 있던 여러 원들과 비장들이나 감사의 자제, 조카, 서랑 등 모두 대개 서울 사람들이었다. 뜻밖에 서울의 기생과 풍악을 대하고 누구없이 기뻐하는 것이었다. 또한 서로 지면의 얼굴들도 많아서 손을 잡고 정회를 나누었다. 가기(歌妓)와 금객(琴客)들이 저마다 평생의 재주를 다해서 진종일 놀았다. 이에 서도(西道)의 가무분대(歌舞粉黛)는 아주 무색하게 되었던 것이다.

그날 당장 감사는 서울 기생에게 천금을 내렸으며, 다른 벼슬아치들도 각기 힘을 따라 상금을 내놓았다. 거의 만금에 가까운 돈이 들어왔다.

심공은 10여일 함께 실컷 놀다가 돌아왔다. 지금까지 풍류미담으로 전해 온다.

심공이 서거한 뒤에 파주(경기도)의 시곡(현 파주군 광탄면 신산리에 있다. 속칭 시궁굴. 심씨의 여러 대 선영이 있는 곳)에서 장례를 지내게 되었다. 여러 노래와 거문고의 벗들이 모여서 눈물을 뿌렸다.

"우리들은 평생 심공의 풍류 가운데 사람들이었고, 심공은 우리의 지기(知己)이며, 지음(知音)이었다. 이제 노래 소리 그치고 거문고 줄은 끊어졌도다. 우리들은 장차 어디로 갈 것인가."

그들은 시곡에 모여 심공을 장사 지내고 한바탕의 노래와 한바탕의 거문고로 마지막 무덤 앞에 통곡하고 각기 자기들 집으로 흩어져 돌아갔다.

계섬만은 홀로 무덤을 지키며 떠나지 않고 쓸쓸한 머리카락과 애수에 젖은 눈동자로, 사람을 향하여 심공의 이야기를 이와 같이 들려주곤 하였다.[5]

『해동가요』의 유명한 가객 – 송실솔, 이세춘

해동가요를 끝내기 전에, 유명한 가객들에 대한 이야기를 빼놓을 수 없다.

왜냐하면 『해동가요』는 당시 명인으로 알려진 창가자(唱歌者) 56인의 명단을 가집에 수록하고 있기 때문이다.

이 중에서 가장 유명했던 가객 '송실솔'과 '이세춘'에 대해 이야기해 보고자 한다.

❶ 송실솔

송실솔은 본명이 아니다. 『해동가요』에는 '송용서'라고 기록되어 있다. '실솔'이라는 말은 '귀뚜라미'를 한자어로 말한 것이다. 송실솔은 가곡 중에서도 '귓도리'라는 곡을 아주 잘 불렀다.

---

5) 이우성편, 『이조한문단편집』 일조각, 1978, 200-204쪽.

귓도리 져 귓도리 어엿부다 저 귓도리

어인 귓도리 지는 달 새는 밤의 긴 소리 자른 소리 절절이 슬
픈 소리 제 혼자 우러네어 사창(紗窓) 여윈 잠을 살뜨리도 깨우는
구나

두어라 제 비록 미물이나 무인동방에 내 뜻 알 이는 저 뿐인가
하니라

이 노래를 어찌나 잘 불렀던지 '귀뚜라미', 곧 '실솔'이라는 예명을
얻게 되었다. 당시에는 '송실솔' 혹은 '송귀뚜라미'라고 불렀을 것이다.

'귓도리' 노래는 누가 지었는지 알 수 없다. 그런데 당시 사람들
중에는 '귓도리' 노래를 아예 송실솔 노래로 여기는 이들까지 생겨났
다. 그런가하면 가집을 만들 때, 귓도리 노래에 그의 이름을 써 넣기
도 할 정도였다. 그만큼 송실솔의 귓도리 노래는 당시 굉장한 인기
를 끌었다.

그가 이렇게 노래를 잘 하고, 이름을 얻게 된 데에는 나름의 이유
가 있었다고 전한다. 바로 각고의 노래 수련과정이 있었다고 한다.

어렸을 때부터 노래공부를 해서 이미 소리를 얻었지만, 그는 더
좋은 소리를 얻으려 했다. 그래서 일 년을 기약하고 폭포가 쏟아지
는 곳에 가 매일 노래를 불러, 나중에는 폭포소리에도 노래 소리가
흩어지지 않게 되었다고 한다.

그러고도 만족할 수 없어, 이번에는 다시 일 년을 매일 북악산 꼭
대기에 올라가 노래를 불렀다. 결국에는 세찬 산 정상의 바람도 그

의 소리를 흩지 못하게 되자 비로소 세상에 나와 활동을 했다는 것
이다.

당시 기록에는 소리공력을 마치고 내려온 송실솔의 노래를 평하
기를,

씩씩하기는 징 울림과 같고,

맑기는 옥돌 같고,

섬세하기는 연기가 가볍게 날리는 것 같고,

머무는 것은 구름이 감도는 듯 하고,

부서질 땐 꾀꼬리 울음 같고,

떨쳐 나올 때엔 용의 울음 같다.

또한,

거문고와도 잘 어울리고,

생(笙)에도 잘 어울리고,

퉁소에도 잘 어울리고,

쟁(箏)과도 잘 어울려,

그 묘함이 극치에 다다랐다.

아마 모든 노래하는 이들의 바람이 바로 이런 소리 갖기를 원할
것이다.

처음 송실솔이 무대에 섰을 때, 당시 사람들은 도대체 이렇게 노
래를 잘 하는 가객을 우리가 그동안 몰랐다니 하면서 매우 의아해
했다고 한다.

송실솔의 노래 수련은 오늘날 많은 것을 생각하게 한다.

이런 송실솔이라 그의 노래를 좋아하는 이들이 많았는데, 당시 왕실 가족 중에서 서평군이라는 사람이 특히 송실솔을 아꼈다. 서평군은 왕족 가운데서도 '음악가'로 불릴 정도로 실력을 갖춘 사람으로 거문고 명인이었다. 영조때, 마침 왕실 남자들 모임이 있었는데 누군가 그의 거문고 연주를 임금께 건의했다는 일화도 있다.

이런 서평군은 자주 송실솔을 불러 송실솔은 노래하고 자신은 거문고 반주를 했다. 송실솔이 무슨 노래든 너무도 감동 깊게 잘 부르자, 어느 날 서평군은 송실솔에게 하나의 제의를 하게 된다.

"당신이 하는 노래에, 내가 따라서 반주를 못하게 할 수도 있소?" 했다.

이 제의에 송실솔은 기꺼이 응했다. 그 자리는 여러 사람이 함께 한 풍류회였다. 이 제의는 풍류회를 한편으로는 재밌게 한편으로는 진지하게 했다.

송실솔은 첫 곡으로 〈취승곡〉이라는 가곡을 택했다.

장삼 뜯어 중의 적삼 짓고 염주 뜯어 당나귀 밀밀치 하고
석왕세계 극락세계 관세음보살 나무관세음보살 십년공부 너 갈 데로 니거
밤중만 암거사 품에 드니 염불경이 없더라

'낙(樂 오늘날 우락 또는 계락의 낙)'으로 불러야 할 이 곡을 송실솔은 느린 '후정화' 가락에 얹어 불렀다. 그러나 서평군 역시 대가이니, 아무런 문제없이 첫 출발을 아주 잘 했다. 그런데 3장에 이르러 잘 노래하던 송실솔이, 예정에 없던 '쟁' 하는 중의 바라소리를 넣었다. 그만 서평군은 당황하고 말았다. 얼른 거문고 술대로 거문고의 배를 두들겨 장단을 아슬아슬하게 맞출 수 있었지만, 이미 거문고 명인이라는 명망에 어울리지 않게 한 수 지고 말았다.

　여기서 그칠 수 없었다. 그래서 또다시 '노래와 반주' 내기는 계속되었다.
　다음 가곡으로는 〈황계곡〉이 선택되었다.

　　노세 노세 매양 장식 노래 낮도 놀고 밤도 노세
　　벽상의 그린 황계 수탉이 두 나래 탁탁치며 긴 목을 느리워서
　홰홰쳐 우도록 노세 그려
　　인생이 아침 이슬이라 아니 놀고 어이리

　이번에는 제대로 '낙'이란 악곡에 맞추어 시작했다. 역시 1장, 2장까지는 잘 나갔다. 그런데 또다시 3장 끝부분에 이르렀을 때, 송실솔은 "곡기오 시유" 하는 울음소리를 냈다. 그리고 이어 수탉이 꼬리 끄는 소리를 내면서 웃는 것이 아닌가. 서평군은 이 느닷없는 변화에 반주를 어찌 할지를 몰라 또다시 당황하고 말았다. 겨우 3장을 넘기고 중여음으로 넘어가긴 했는데 이미 성공하지 못한 반주는 계

속 엉기고 있었고, 결국 자기도 모르게 손에 든 술대를 떨어뜨리고 말았다 한다.

서평군은

"내가 졌소" 하면서, 송실솔의 노래 실력을 또다시 인정했다.

그러면서 노래에서 보여준 소리 변화를 이해할 수 없어 물었다.

"〈취승곡〉에서는 왜 바라소리를 냈고, 〈황계곡〉에서는 왜 웃음소리를 냈소?"

그러자 송실솔은,

"중이 염불을 마칠 때는 바라를 쳐서 끝내잖습니까? 또 장닭 울음소리는 끝에 가서는 꼭 웃는 것 같지 않습니까? 그걸 표현해 본 거지요."

송실솔의 이러한 곡 해석을 듣고, 좌중에 있던 사람들과 서평군은 또 한 번 감탄했다고 한다. 그가 이처럼 당대 누구도 따라갈 수 없는 자기만의 '곡 해석'으로 자유자재하게 노래 부를 수 있었던 것은, 바로 오랫동안 노래 공력을 쌓았기 때문이다.

짧은 일화 하나를 더 소개해 보겠다.

그의 후배인 유명한 가객 이세춘이 마침 모친상을 당했을 때다. 송실솔은 다른 동료 가객들과 함께 조문을 갔다. 마침 상주의 슬픈 곡성이 들렸다. 이 소리를 들은 송실솔은,

"저 소리는 계면조이니, 법으로 치자면 마땅히 평조로 받아야지."

하더니만 영전에 나아가 곡을 하는데, 곡이 꼭 노래처럼 들렸다고 한다.

이 정도였으니, 『해동가요』가 그의 이름을 명인 가객들 명단에 올려놓지 않을 수 없었을 것이다.

❷ 이세춘

'이세춘'의 또 다른 이름은 '이응태'이다. 그런데 가객임을 드러낼 필요가 있을 때는 늘 '이세춘'이라 했다. 아마 '이응태'가 본명이고, '이세춘'은 가객 예명이었던 것 같다. 『해동가요』에도 '이세춘'으로 쓰여 있다.

이세춘은 서울 장안에 유명한 가객이었다. 십년 이상을 노래로 서울 장안 사람들을 매료시킨 일이 있었다. 한창 때 서울의 가곡을 한다하는 사람들은 온통 그의 노래를 따라 불렀다고 한다. 말하자면 여러 가객들이 있었지만, 특히 그의 노래법을 배웠다는 것이다. 오늘날 남아있는 가곡 대부분이 '하규일 전창'이듯이, 당시 십년 이상 서울에는 '이세춘 전창'이 유행했던 것이다.

이런 이세춘은 서울 뿐 아니라 지방 공연도 자주 가졌고, 그만큼 지방에도 영향을 끼친 가객으로 알려져 있다.

이세춘이 지방을 방문하는 것은 주로 가곡을 사랑하는 후원자들과 동반한 경우이다. 후원자는 흔히 '패트론'이라고도 하는데, 예술을 사랑해서 예인들의 예술을 소비해 주면서 가객들을 보호해 주는 사람들이다.

이세춘은 서울에 살던 대(大)사대부 신광수가 경기도 여주의 영릉 참봉이 되어 내려갈 때 함께 간 적이 있다. 그곳에서 오랫동안 머물면서 여러 곳을 방문하며 노래를 불렀다. 대사대부가 자신의 부임지에 가객을 동반할 만큼 가곡은 당시 사람들에게는 삶의 일부분이었다. 또 그만큼 이세춘은 명가객이었다.

신광수와 이세춘의 신분 차이는 말할 것도 없이 아주 크다. 그런데도 신광수는 이세춘이 여주에 있는 동안 가객 신분인 그에게 특별히 한시를 두 편이나 지어 헌사할 정도로 그의 노래를 아끼고 사랑했다.

그 중 하나의 마지막 구절은 이렇다.

이번 여행에 참으로 나의 시를 얻기에 족하니
그대 이곳 여주를 떠나도 소리 명성만은 가득 남을 것일세

이제 여주 일정을 마치고 서울로 돌아가는 이세춘에게 더 이상 노래를 들을 수 없는 안타까운 마음을 담아 '고별시'로 준 것이다.

신광수는 여주가 아닌 또 다른 곳에서 이세춘 공연을 감격스럽게 시로 읊어 낸 일도 있다. 체재공이 처음 평양감사로 부임 가서 연회를 열 때의 일이다. 그때 신광수는 40여수의 시를 지어 축하해 준 일이 있다. 그런데 이 시들 중 하나에 이세춘이 평양에서 활약했던 일을 담아냈다. 그 내용은 이렇다.

평양 교방에 '태진'이라는 기생이 있는데, 그녀는 노래 부를 때 첫 곡은 반드시 자기 이름이 들어간 시조를 먼저 부른다는 것이다. 일종의 오프닝용 노래를 가지고 있었다는 것이다. 그런데 바로 이 시조를 부를 수 있도록 장단을 배열해 준 사람이 이세춘이라는 것이다.

그 노래는 유명한 〈일소백미생이〉이다.

> 일소백미생이 태진이 여질이라
> 명황도 이러므로 만리행촉 하였느니
> 지금에 마외방초를 못내 설워 하노라

이 노래는 본래 가곡인데, 시조로 부를 수 있도록 장단을 가르쳐 주었다는 것이다. 시조는 당시 서울에서 새로이 퍼지고 있던 창법으로 아직 평양에는 알려지지 않았다. 신광수는 서울의 시조를 평양에 전해 주어서 연회를 풍성하게 해 준 이세춘을 자랑스러워했다. 이 일이야말로 평양감사의 축하가 될 만한 일이었다고 생각한 것이다.

이세춘에게는 그를 아낀 후원자가 여러 명이 있었다. 서울의 심용이라는 사람도 그 중 하나이다. 앞에서 이야기한, 송실솔과 반주로 내기를 가졌던 서평군도 이세춘의 후원자였다. 여러 사람의 지원을 받을 수 있을 만큼 그의 노래는 정말 탁월했던 것이다.

그런데 당시 이런 가객들의 활동은 단독 공연일 경우도 있지만, 대개는 여럿이 함께 공연하는 일이 더 많았다. 이세춘의 활동에도 여러 가객과 악공들이 함께 한 예가 많다. 그런데 기록들을 보면, 이곳 저곳에서 함께 연주한 예인들이 거의 대부분 같은 사람들이었다. 말하자면 일종의 예인그룹이 형성되었던 것이다.

이 예인들 중에는 가객, 가기, 악공들이 포함되어 있다.

이 그룹의 멤버들은 다음과 같다.

　　가객―송실솔, 이세춘, 지봉서, 박세첨, 조욱자
　　거문고연주자―김철석
　　가기―매월, 추월, 계섬

이 그룹에 송실솔이 포함되어 있고, 지봉서도 『해동가요』 명가객 명단에 올라있다. 그런가 하면 거문고연주자 김철석은 당시 서울 장안에서 가장 많은 연주를 한 사람으로 알려져 있다. 가기였던 추월과 계섬에 대해서는 후대에까지 많은 사람들이 그 노래를 기억할 만큼 아주 훌륭한 여자 가객들이었다.

이 그룹은 그야말로 당대로서 최고가는 연주인들로 이루어진 그룹이었던 것이다.

『청구가요(靑丘歌謠)』

- 동호인 〈노가재〉 작품으로 만든 가집 -

『해동가요』가 옛날 작품까지 모두 모았다면, 『청구가요』는 현재 '노가재'에서 연주회를 가졌던 사람들의 작품만으로 단독으로 꾸민 가집이다. 『청구가요』는 '노가재' 풍류방이 단순히 연주회만 가졌던 것이 아니고, 창작활동도 꾸준히 해왔다는 것을 말해 준다.

'노가재' 풍류방의 창작활동

　이번에는 동호인들이 자신들의 작품만으로 만든 가집을 소개하려고 한다. 이 가집의 이름은 『청구가요』이다. 이 가집은 김수장이 편집했다. 김수장은 자신의 풍류방 노가재에 드나들던 선가자와 가객들의 작품을 『해동가요』와 따로 묶어 『청구가요』라고 이름 지어 펴냈던 것이다. 말하자면 『해동가요』가 옛날 작품까지 모두 모았다면, 『청구가요』는 현재 노가재에서 연주회를 가졌던 사람들의 작품만으로 꾸민 가집이다.

　이 가집에는 노가재에서 활동한 11명의 선가자들이 직접 만든 작품 80수가 수록되어 있다. 『청구가요』는 노가재 풍류방이 단순히 연주회만 가졌던 것이 아니고, 창작활동도 꾸준히 해왔다는 것을 말해준다.

　『청구가요』에 수록된 선가자들은 아직 우리에게는 그다지 많이 알려지지 않은 사람들이다. 하지만 하나같이 당대에는 명가로 이름을 날리던 사람들이었고, 이들의 작품을 편집하면서 김수장은 한 사람 한 사람의 발문을 쓸 만큼 이들에 대한 애정도 깊었다.

　우리에게 익숙지 않은 이름이지만 중요한 인물인 만큼 그 이름을 알아보면, 우선 김수장 자신이 들어가고 그 다음 김우규, 김태석, 박희석, 김진태, 문수빈, 이덕함, 김묵수, 김중열, 김두성, 박문욱 등이다.

이들 11명 작가와 작품에 대한 이야기를 모두 하고 싶지만, 그럴수 없으므로 아쉬운대로 이 중 몇 사람에 대한 이야기를 나누고자한다.

가객 김우규, 김진태, 김묵수, 김중열

먼저 김수장이 자신과 제일 친했다고 소개한 선가자 '김우규'는『청구가요』에도 역시 제일 처음 등장한다. 김우규는 『해동가요』의'선가자 명단(고금창가제씨)'에도 이름이 올라가 있는 사람이다. 김수장은 김우규를 소개하기를 '노래를 박상건에게서 배웠는데, 배운지 불과 1년이 채 안되어 이름을 날리게 되었다'라고 한다. 박상건은바로 '소용'이란 악곡을 처음 시도했던 가객 박후웅의 아버지이다.

바로 '소용'을 만든 박후웅과 그의 아버지 박상건은 부자가 대를이어 가객으로 이름을 날렸는데, 바로 그 박상건에게서 김우규가 노래를 배웠던 것이다. 그렇다면 박상건, 박후웅 부자도 노가재를 드나들었는지도 모르겠다.

아무튼 김우규는 일년도 안 되서 노래를 익히고 사람들 앞에서이름을 날리게 될 정도로 노래 재능이 있는 가객이었고, 게다가 시(詩)도 아주 잘 지었다. 김수장은 그런 그를 자랑스럽게『청구가요』

의 첫머리에 소개하며, 그와의 특별한 친분까지 말해 주고 있다. 그의 작품 하나를 감상해 보자.

처음에 모르드면 모르고나 있을 것을
어인 사랑이 싹 나며 움 돋는가
언제나 이 몸에 열매 열려 휘둘거든 보려뇨.

사랑의 시작을 아주 잘 표현한 노래이다.

또 다른 가객으로 '김진태'를 소개하고 싶다. 김진태는 『청구가요』에 무려 26수라는 가장 많은 작품이 실린 선가자이다. 김수장은 김진태를 소개하면서 그의 특징을 '속태에 오염되지 않고, 신선의 언어를 쓰고 있다'고 극찬하고 있다. 이렇게 훌륭한 작품을 쓴 김진태를 좀 더 일찍 만나지 못한 것이 아쉽다고까지 말하고 있다. 김진태 작품을 제일 많이 실은 것이 이해가 되는데, 그토록 칭찬을 아끼지 않은 김진태의 작품 하나를 소개해 본다.

청풍(淸風 맑은바람)이 습습(習習 솔솔)하니 송풍(松風 소나무 바람)이 냉냉(冷冷 차다)하다
보(譜 악보) 없고 조(調 악조) 없으니 무현금(無絃琴 줄없는 거문고)이 저러턴가
지금에 도연명 간 후(後)이니 지음(知音 소리를 알아줌)할 이 없도다

맑은 소나무 바람소리에서도, 음악을 들을 줄 아는 귀를 가진 김진태는 김수장의 말처럼 신선의 언어를 아는 사람답다.

마지막으로 꼭 이야기하고 싶은 가객 두 사람을 소개하겠다. 한 사람은 '김묵수'이고, 다른 한 사람은 '김중열'이라는 가객이다. 이들은 모두 그들의 아버지와 함께 부자(父子)가 동시에 가객으로 이름이 난 사람들이다.

김묵수의 아버지는 김성후이고 김중열의 아버지는 김정희인데, 아버지들이 먼저 당대 뛰어난 가객으로 명성이 자자했던 것이다.

말하자면 이들은 가객 집안이다. 앞에서 소개한 박후웅과 박상건이 부자 가객이었던 것과 같다. 이렇게 조선시대 한 가족 내에서 가객이 나오는 것은 오늘날 우리 주변에서 대(代)를 이어 예술을 하는 집안이 많은 것과 같다.

그런가 하면 김중열이란 가객은 한번 소개한 바 있는 금객(琴客) 어은 김성기에게서 거문고와 퉁소를 배우기도 했다. 노래하는 가객들은 이렇게 한 집안 내에서 대물림 하면서, 또는 유명한 스승 밑에서 노래를 배우며 일가(一家)를 이루게 되었던 것이다. 그만큼 예술은 예나 지금이나 그 예술적 환경이 중요한 것 같다.

『영언선(永言選)』

- 대구 지방의 가집 -

　　　　❝ 『영언선』은 가객 김유기가 만든 가집이지만, 동시에 『영언선』의
　　　가치를 알아보고 오래도록 이 가집을 연주에 직접 사용했던 사람은
　　　대구의 가객 한유신이었던 셈이다. ❞

지방에서 만들어지고 유통된 가집

이번에는 좀 특별한 가집을 소개하려고 한다. 이 가집은 서울이 아닌 '대구'라는 지방에서 만들어진 것이고, 또 본인이 아니라 그 제자의 애정으로 세상에 전해진 가집이다. 그러면서 아쉽게도 노랫말을 편집한 본문은 현재 사라지고, 여러 사람들이 쓴 서문과 발문 그리고 제자의 작품만 남겨지게 되었다.

이렇게 여러 가지 면에서 독특했던 이 가집의 이름은 『영언선』이다. 『영언선』이란 제목을 풀이하자면, 영언(永言)은 노래(가곡)라는 뜻이고 선(選)은 뽑다라는 뜻이니 정리하면 '가곡 중에서 뽑은 노래책'이란 뜻이다.

그런데 이 가집이 정말 특이한 것은 우리가 그동안 이야기해 온 김수장의 『해동가요(박씨본)』에 끼어 전해진다는 것이다. 왜 『해동가요』에 『영언선』이 이어져서 기록되게 되었는지는 다 알 수 없지만, 아무튼 우리에게는 이렇게 해서라도 지방에서 만들어지고 유통된 가집을 알 수 있게 된 것이 다행이 아닐 수 없다.

스승의 가곡과 가집을 사랑한 한유신

이 가집을 세상에 전한 제자 이야기부터 해야 할 것 같다. 『영언선』은 김천택, 김수장과 동시대에 대구에서 살았던 '한유신'이라는 가객이 스승의 가집을 소중히 간직해 오다가 죽기 전에 스승의 노래책이 없어질까 우려되어 여러 사람들에게 이 노래책을 보여주고, 그 소중한 가치를 발문으로 받아서 세상에 전한 것이다.

한유신은 대구 달성에서 태어나 평생을 그곳에서 살았던 사람이다. 그는 어려서부터 노래를 아주 잘했고, 이후 내내 노래를 떠난 적이 없다고 한다. 한유신은 젊을 때 대구감영(감영은 오늘날 도청(道廳)으로 경상도 도청을 말한다.)에 근무했다고 하는데, 그와 열살 터울의 맏형은 서울의 장악원에 근무했었다는 기록이 있다. 한유신이 평생 가곡에 심취하게 된 데에는 아마도 그의 집안이 본래 음악적 환경이었던 데 있었던 것 같다.

이런 한유신이 대구감영에 근무하던 어느 날, 서울에서 가객 김유기가 대구를 방문했다. 김유기는 바로 김천택이 『청구영언』에서 직접 그의 집에 방문하여 작품을 얻었던 가객이다. 또 김수장의 『해동가요』에도 김유기는 소상하게 소개되어 있다. 말하자면 서울의 이름난 가객의 대구 방문이었던 것이다.

김유기의 노래를 들은 한유신은 그만 그 깊은 노래에 빠져들고 만다. 드디어 주변에 가곡을 좋아하는 사람들을 모아 김유기에게 여러 달 가곡을 배워, 새로운 가곡의 세계에 더 깊이 들어가게 된다. 스승 김유기는 지금은 사라진 '중대엽'이란 악곡을 중심으로 가르쳤다고 한다. 왜냐하면 이 노래가 워낙 어렵고 깊이가 있어, 이것만 잘 부를 수 있으면 다른 악곡도 무난하게 익힐 수 있기 때문이라고 한다. 그 느린 중대엽을 가르치던 스승의 모습을 한유신은 평생 잊지 못해 했다.

그런데 스승으로부터 여러 달 노래를 배우던 어느 날, 밀양에서 심(沈)씨 성을 가진 사람이 와서 스승을 그곳에 초빙했다. 스승은 그 초빙을 수락했고, 드디어 대구의 제자들의 아쉬움을 뒤로하고 밀양 연주 여행을 위해 심생(沈生)이란 사람과 함께 떠났다. 그런데 밀양으로 간지 그렇게 멀지 않아서, 마침 그곳에 돌던 전염병에 스승이 그만 감염되어 객사하고 만다. 말할 것도 없이 한유신을 비롯한 제자들의 슬픔은 아주 컸다. 스승의 죽음도 뜻밖이지만, 스승의 임종도 보지 못했기 때문이다. 그리고 그 스승은 자신들이 미처 알지 못했던 '가곡의 더 넓고도 깊은 세계'를 만날 수 있도록 해주었던 사람이었으니, 그 슬픔의 크기가 오죽했을까 싶다.

그런데 다른 제자들보다 한유신에게는 스승의 죽음이 좀 더 특별했던 것 같다. 왜냐하면 이미 이 때 그는 가까운 사람들의 여러 죽음을 연거푸 만났기 때문이다. 우선 그가 스승을 만나기 직전인 21살 때에 그의 어머니가 세상을 떠났다. 그리고 4년 후 그가 스승을 만나 가곡에 전념한지 일년 후, 바로 장악원에 근무하던 맏형마저 세상을 떠났다. 그러니 그에게 스승 김유기는 더 특별할 수밖에 없었는데, 맏형이 죽은 지 이년 후 이번에는 스승이 다른 곳에서 갑자기 객사하고 말았던 것이다.

한유신이 만난 가까운 이들의 죽음은 여기서 그치지 않는다. 스승이 세상을 떠난 지 다시 1년 후, 이번에는 아버지마저 사망하게 된다.

한유신은 스승 김유기가 직접 만들어 가지고 있던『영언선』이란 가집을 그가 팔십 가까운 나이가 될 때까지 소중히 간직하고 있었고, 그 자신도 대구 근방의 여러 지역을 다니며 연주활동을 했다. 그런가하면 때로 노래하기 위해 산에 들어가 한 달씩 세상에 나타나지 않기도 했다.

한유신이 이토록 가곡에 심취했던 데에는 그의 집안의 음악적 분위기와 더불어 그런 음악적 자질을 만들어 주었던 가족과 스승을 불과 수년 사이에 잃는 아픔이 큰 영향을 주었던 것 같다.

얼마나 가곡을 사랑했으면 그의 노년에 대구 일대에서 가곡을 사랑하는 사람들을 만날 때마다 50년간 간직해온 스승의『영언선』을 직접 보여주고, 이들이 이 가집의 가치를 알면 곧바로 발문을 친필로 받아 스승의『영언선』아래에 붙여 놓았던 것이다.

『영언선』은 가객 김유기가 만든 가집이지만, 동시에『영언선』의 가치를 알아보고 오래도록 이 가집을 연주에 직접 사용했던 사람은 대구의 가객 한유신이었던 셈이다.

또 가집은 서울에서만 만들어지고 유통된 것이 아니고, 지방에서도 가곡을 사랑하는 사람들에 의해 잘 가꾸어지고 전해졌음을 알 수 있다.

『동가선(東歌選)』

- 많은 작가의 작품을 수록 -

ア무리 많은 작품을 남긴 작가들도 『동가선』에서는 대개 1수 내지
2수 정도만 싣고 있다. 말하자면 '유명한 작가'를 가능한 한 많이 수록
하려고 노력한 가집이다. 그래서 한 작가의 작품들 중에서 '가장 대표
작'이라고 판단되는 작품 한 두 수만을 엄선하여 만든 가집인 것이다.

『동가선』은 어떤 가집인가

이번에는 우리에게 그다지 널리 알려지지 않았지만, 꽤 중요한 『동가선』이란 가집을 소개하고자 한다.

'동가선'이란 이름은 동녘 동(東), 노래 가(歌), 가릴 선(選), 즉 '동쪽 나라의 노래들을 가려 뽑은 가집'이란 뜻이다. 여기서 '동쪽 나라'라는 것은 중국의 동쪽에 있는 우리나라(조선)를 뜻하는 말이다. 따라서 『동가선』이라는 말은 '조선을 대표하는 노래들을 모은 책'이란 의미를 가진다.

『동가선』은 김수장보다 40년 후에 태어난 '백경현'이라는 사람이 만든 가집이다. 김수장이 노가재에서 80세 가까운 노년기를 보낼 때, 아주 젊은 백경현은 열정적으로 가곡에 심취하며 『동가선』이란 가집을 만들었다.

아직 영인되지 않아 시중에서 구입할 수는 없지만, 서울대 중앙도서관에 소장되어 있어 보고 싶은 사람은 누구나 만나볼 수 있는 가집이다.

이 가집은 235수의 작품이 수록되어 있다. 『청구영언』이나 『해동가요』에 비해 절반이 채 안 되는 작품들을 수록하고 있지만, 여러 면에서 가곡을 뽑는 백경현의 개성적인 손길이 잘 나타나 있는 가집이다.

『동가선』의 악곡 배열

『동가선』의 악곡배열은 다음과 같다.

초중대엽(2수), 이중대엽(2수), 삼중대엽(2수)[1], 북전(1수), 초삭대엽(4수), 이삭대엽(180수), 삼삭대엽(17수), 만흥(23수), 잡가(1수), 장진주(3수)

'중대엽'은 『청구영언』이나 『해동가요』에는 한 수씩 밖에 수록되지 않았는데, 훨씬 늦게 만들어진 작은 가집 『동가선』에서는 2수씩 잘 정리되어 있다. 어렵다는 '중대엽'에 이렇게 관심을 기울일 만큼 편찬자인 백경현은 노래에 조예가 깊은 사람이었다.

'이삭대엽', '삼삭대엽'은 워낙 유명한 악곡이므로 설명하지 않아도 될 것 같다.

'만흥'이라는 악곡 이름은 아마도 '만횡'을 발음 나는 대로 기록한 것이 아닌가 한다. '만흥'이라는 악곡에는 후에 '농, 낙, 편'으로 분화되는 긴 노랫말들이 주로 수록되어 있다.

'잡가'에는 '한창(恨唱)이 가성열(歌聲咽)이오⋯'[2] 하는 이삭대엽 계열의 작품 한 수가 별도로 실려 있다. 왜 이 노래를 '잡가'라는 이름으로 수록했는지는 알 수 없다. 추측컨대 당시에 특별히 인기가 있었던 노래인 듯 싶은데, 자세한 내용은 알 길이 없다.(학자들의 연

---

1) 삼중대엽은 악곡명은 없지만, 이중대엽 다음의 두 수는 다른 가집에 모두 삼중대엽 작품인 것으로 보아 삼중대엽 악곡명을 실수로 빠뜨린 것 같다.
2) 한창(恨唱)ᄒᆞ니 가성열(歌聲咽)이오 수번(袖翻)이 무수지(舞袖遲)라 / 가성열(歌聲咽) 무수지(舞袖遲)ᄂᆞᆫ 님 그린 탓이로다 / 서릉(西陵)에 일욕모(日欲暮)ᄒᆞ니 애긋ᄂᆞᆫ 듯 ᄒᆞ여라.

구가 있기를 기대한다.)

'장진주'에는 정철의 〈장진주사〉와 술과 관련된 작품 두 수가 함께 수록되어 있다. 역시 '장진주'라는 이름으로 당시에 인기를 끌던 작품 세 수를 별도로 기록한 것이 아닌가 한다.

많은 작가 모으기

보통 가집들은 '이삭대엽'에서만 작가를 밝혀주는 것이 관례이다. 『동가선』 역시 이삭대엽 작품들에 작가명을 꼼꼼히 기록하고 있다. 이삭대엽 180수 중에서 무려 '113명의 작가'를 밝혀주고 있다. 113명이라는 숫자는 『동가선』보다 배 이상이나 두꺼운 가집들에서 소개하고 있는 작가 숫자와 맞먹는 숫자이다. 『동가선』은 비교적 작은 가집이지만, 가능한 한 많은 작가의 작품을 수록하려고 애쓴 가집이었던 것이다. 그래서 아무리 많은 작품을 남긴 작가들도 『동가선』에서는 대개 1수 내지 2수 정도만 싣고 있다. 말하자면 '유명한 작가'를 가능한 한 많이 수록하려고 노력한 가집이다. 그러므로 한 작가의 작품들 중에서 가장 대표작이라고 판단되는 작품 한 두 수만을 엄선하여 만든 가집인 것이다.

또 『동가선』에는 고구려의 을파소, 신라의 설총, 고려시대의 길재, 이색, 최충의 작품도 보인다.

고구려나 신라시대에도 조선시대와 같은 형태의 가곡이 있다는 기록은 아직 발견되지 않았다. 을파소나 설총의 작품이라며 실은 것은 아마도 백경현 단독의 판단이기보다 당시 사람들에게 전해오던 사실들을 기록으로 남긴 것으로 보인다. 어쩌면 이는 조선을 대표하는 노래로 가곡 작품을 수록하면서, 그 역사가 얼마나 깊은가를 강조하기 위해 고구려나 신라시대까지 소급하려 했던 것으로 보인다. 그만큼 가곡에 대한 백경현의 자부심을 읽을 수 있는 대목이다.

백경현이란 인물

악곡과 작가에 대한 이야기를 했지만, 정작 중요한 편찬자 '백경현'에 대한 이야기는 아직 하지 않았다. 백경현은 승정원 서리를 역임했는데 그의 아버지도 역시 승정원 서리를 지냈다. 그의 형제 중에는 서울의 다른 관아에서 근무를 한 사람[3]이 있다. 승정원이란 곳은 왕명을 받들고, 왕실에서 사용하는 비품을 관리하던 중앙 핵심 부처이다. 흔히 이 자리를 맑을 청(淸), 벼슬 직(職)을 써서 '청직(淸職)'이라 하고, 그곳에 근무하는 서리들은 신선 선(仙), 벼슬아치 리(吏)자를 써서 '선리(仙吏)'라고 자부했다고 한다. 말하자면 백경현 집안은 경제적으로 꽤나 넉넉했고, 학식 또한 높은 서울의 유명한 서리 가문이었다. 이런 여유와 교양이 백경현으로 하여금 가곡에 심

---

3) 그의 형제 백경단은 '사알'을 지냈다.

취하게 하고, 가집을 만들 수 있게 했을 것이다.

먼저 살폈던 『청구영언』의 김천택이 포도청의 포교였고 『해동가요』의 김수장이 병조의 서리로 모두 서리 계층의 중인들이면서 가집을 편찬했는데, 백경현도 서울 관아의 서리이면서 이들의 뒤를 이어 역시 가집을 편찬했던 것이다.

또 한 가지 중요한 사실은 당시 서울에는 예술을 사랑하던 사람들이 '예술가 동호인 그룹'을 만드는 경우가 많았는데, 백경현은 유명한 '구로회(九老會)'멤버였다. 구로(九老)란 '아홉 노인'이란 뜻인데, 여기서 노인은 '늙은이'라는 뜻보다는 '품격이 높은 사람'이라는 자부심으로 사용된 말로 보아야 할 것이다. 구로회 멤버들은 한시(漢詩), 그림, 음악, 서예 등 다방면의 예술에 관심을 가진 사람들의 모임이었다. 그 멤버들은 마성린, 최윤창, 김성달 등이었는데4) 이들은 주로 김성달이라는 사람의 '읍취헌'이라는 집을 중심으로 매일 모여 예술을 즐겼다고 한다.

백경현의 『동가선』은 어느 날 문득 백경현 한 사람의 손에서 만들어진 것이 아니고, 바로 이 '구로회' 모임에서 주로 불렀던 노래들의 모음집이었다.

그런데 이들의 '구로회' 외에도 당시에는 또 다른 그룹인 '금란사'도 번창했다고 한다. 또 얼마 후에는 '송석원시사'라는 모임도 결성된다. 이 그룹들은 모두 중인들 중심의 예술 동호인 모임들이다. 어

---

4) 마성린, 최윤창, 황덕순, 김완, 배경현, 엄계응, 이경오, 조지원, 김성달 9인.

느 그룹이든 노래가 빠진 적은 없었다. 그만큼 18세기 말에는 아주 많은 예술 동호인 그룹에서 가곡을 즐겼던 것이다. 그리고 이들 그룹에서 즐긴 노래들이 노가재가단의 『해동가요』처럼 하나의 '가집'을 탄생시켰던 것이다.

여기서 조선시대 한 예술 동호인 그룹에서 만들어진 『동가선』이라는 가집을 소개했다.

오늘날 우리들에게는 어떤 가곡 동호인 그룹이 있는지 생각해 보게 된다. 다양함이 공존하는 시대이니, 가곡 예술만을 중요하다고 말할 수는 없다. 어떤 음악예술이든 다 중요하고, 또 다양할수록 우리 삶은 풍요로울테니 말이다.

다만 예전과 달라진 것이 있다면, 오늘날 가곡 동호회들은 '현장' 곧 '오프라인' 뿐 아니라 인터넷의 '온라인'에도 그러한 환경이 형성되어 있었다는 사실이다. 그러므로 가곡에 더 많은 관심이 생겼다면, 인터넷에서 〈가곡을 사랑하는 사람들〉의 모임을 찾아 접속해 보는 것도 좋을 것이다.

『병와가곡집(瓶窩歌曲集)』

- 가장 큰 규모의 가집 -

" 『병와가곡집』은 단순히 가장 많은 작품을 수록하려고 애쓴 것이 아니라, 당대 사람들이 가장 즐겨 부른 노래들을 솔직하게 채록하려고 애쓴 가집인 셈이다. 『병와가곡집』이야말로 18세기 사람들의 진솔한 면을 만날 수 있는 가집이라고 생각된다. "

가장 큰 가집

이번에는 조선시대 가집 중에서 가장 규모가 큰 가집을 소개하려고 한다. 무려 1109수가 수록된 가집이다. 유명한 『청구영언』이나 『해동가요』의 2배가 넘는 작품이 담겨 있고, 앞에서 작가마다 대표작을 한 수 또는 두 수씩만 엄선해서 만들었다고 한 백경현의 『동가선』보다는 5배나 많은 작품을 수록하고 있는 가집이다. 이 가집의 이름은 현재 『병와가곡집』이라고 알려져 있다.

여러 이름들

이 가집의 소개를 『병와가곡집』이라고 단정적으로 말하지 않고, 『병와가곡집』이라고 알려져 있다는 여운을 남긴 데는 그만한 사연이 있다.

이 가집은 1956년 경북 영천에서 발견되었다. 아주 늦게 발굴된 가집이다. 이 가집은 '병와 이형상(1653 − 1733)'[1]의 여러 소장 유품과 함께 발견되었는데, 발견 당시 표지가 훼손되어 책 제목을 알 수

---

1) 병와는 그의 호.

없었다. 그래서 처음 영남일보에 소개될 때, 가집 마지막 부분에 희미하게 적힌 『여중락(與衆樂)』[2]이라는 이름으로 소개되었다. 그런데 후에 학자들에 의해 이 글씨는 후대 누군가에 의해 덧붙여진 기록으로 판단되었다.

그 후 이 가집을 연구한 한 학자에 의해, 『(이씨본)청구영언』이라는 새로운 이름이 붙여졌다. 그 이유는 김천택이 편찬한 『청구영언』과 여러모로 닮은 가집이면서, 이형상 유품 중에서 나왔다고 하여 『(이씨본)청구영언』이라 이름 했던 것이다. 그러나 『청구영언』이라는 이름이 이미 특정인이 만든 가집을 연상시키기에 적당한 이름이 아니라고 판정되어, 얼마 가지 않아 다시 『병와가곡집』이라는 이름을 새로 얻게 되었다.

그러다가 병와 이형상의 유품을 점검해보던 중, 이형상이 친필로 자신의 저술 목록을 적어놓은 항목에 『악학습영』이라는 제목이 발견되었는데, 이 『악학습영』은 병와 이형상의 유품 어디에서도 발견되지 않자 겉표지가 떨어져나간 이 가집이 『악학습영』일 것이라고 판단되어 다시 『악학습영』이라는 이름으로 불리게 되었다. 이렇게 해서 1978년 첫 영인본이 출간될 때는 『악학습영』이라는 제목으로 세상과 만나게 되었다.

그 후 다시 여러 학자들의 거듭된 연구 결과, 이 가집에 수록된 작품들이나 악곡들은 병와 이형상이 세상을 떠난 이후의 것들이 다수 포함되어 있음이 발견되었다. 다시 말하면 이형상이 만든 가집이

---

2) 여중락이란 '여러 사람들과 즐거움을 함께 한다'라는 뜻.

아니라 그의 사후에 만들어진 가집이고, 이것이 어떤 경로인지 알수 없지만 그의 유품 가운데 흘러 들어갔음을 발견한 것이다. 그래서 다시 『악학습영』이란 제목을 포기할 수밖에 없게 되었다.

그래서 현재는 '병와 이형상의 유품 속에서 발견되었다'는 의미 정도만 살려서 『병와가곡집』이라고 불리게 되었다.

가집 중에서 짧은 시간동안 이렇게 여러 이름을 얻게 된 가집도 없을 것이다. 이렇게 길게 이 가집의 이름을 소개한 이유는 규모가 큰 만큼 우리 가곡을 이해할 많은 정보가 수록되어 있지만, 워낙 늦게 세상에 알려져 아직도 많은 연구 손길을 필요로 하는 가집이기 때문이다. 많은 이름을 갖게 된 것도 이 가집에 대한 학자들의 높은 관심을 보여주는 것이다.

시기와 필체

현재 여러 정보들을 종합한 결과 이 가집은 정조 임금 때에 만들어진 가집으로 판명되었다. 대체로 18세기 말 정도이다.

또 1109수나 되다 보니 그 기록이 쉽지 않았는지 이 가집의 글씨체는 적어도 세 사람 이상의 다른 필체가 발견된다. 그만큼 여러 사람들이 합하여 당시 최고의 가집을 만들려고 했던 것으로 보인다.

『병와가곡집』의 악곡 배열

『병와가곡집』은 악곡별로 작품을 편집한 가집이다. 악곡은 다음과 같다.

초중대엽(7수), 이중대엽(5수), 삼중대엽(5수), 북전(4수), 이북전(1수), 초삭대엽(11수), 이삭대엽(763수), 삼삭대엽(32수), 삭대엽(18수), 소용(5수), 만횡(114수), 낙희조(104수), 편삭대엽(40수)

악곡은 중대엽부터 삭대엽 계열까지 순서대로 잘 정리되어 있다. 여기서 가장 특징적인 것은 두 가지이다. 하나는 중대엽 계열이다. 비슷한 시기 다른 가집들에서도 중대엽 계열이 발견되지만, 대개는 작품을 딱 1수만 싣는 정도이다. 말하자면 중대엽은 흔적만 보이는 것이 보통이다. 그런데 이 가집은 모든 가집들 중에서 중대엽 계열과 북전 계열에 속하는 작품을 가장 많이 소개하고 있는 가집이다. 그만큼 열정적으로 가곡 작품 전부를 수집하려 했던 노력을 발견할 수 있다.

또 하나는 초삭대엽, 이삭대엽, 삼삭대엽이 있는데, 다시 '삭대엽'이라고 해서 여러 작품을 수록하고 있다는 것이다. 이 삭대엽이 구체적 어떤 악곡인지 아직 알려져 있지 않다. 삭대엽은 이 가집시대 가곡 악곡을 이해하는 단서가 될 것이 분명하지만, 그 실체를 알 수 없어 아주 아쉬운 부분이다.

최다 작품 및 작가 수록

이 가집에는 171명이나 되는 작가를 밝혀 주고 있다. 작품과 작가 숫자로 보면 일종의 가곡 사전 같다는 느낌을 줄 정도로 방대한 가집이다. 이런 가집이 19세기가 시작되기 전에 만들어져 당시까지의 가곡 결산을 보여주고 있는 것은, 오늘 우리에게는 아주 다행스런 일이다.

또 한 가지, 이 가집은 1109수나 되는 최다 작품을 수록하고 있지만 그 작품 내용을 보면 한 가지 뚜렷한 특색을 보여준다고 보고되어 있다. 그것은 이 가집보다 먼저 나온 가집들에서는 언제나 가장 많은 내용이 '강호자연'을 노래한 작품들이었는데, 이 가집에서는 '사랑'과 관련한 노래가 가장 많다는 것이다. '사랑'은 동서고금(東西古今)을 막론하고 노래에서 가장 많이 선호하는 주제일 것이니 가곡이라고 예외일 수 없다. 그런 점에서 『병와가곡집』은 단순히 가장 많은 작품을 수록하려고 애쓴 것이 아니라, 당대 사람들이 가장 즐겨 부른 노래들을 솔직하게 채록하려고 애쓴 가집인 셈이다. 『병와가곡집』이야말로 18세기 사람들의 진솔한 면을 만날 수 있는 가집이라고 생각된다.

만든 사람

아쉬움이 있다면 이렇게 좋은 가집을 누가 만들었는지 모른다는 것이다. 아직도 연구 중에 있는 이 가집은, 다른 가집에는 없고 이 가집에만 등장하는 중요한 인물들의 작품이 다수 발견된다. 이들 작품과 작가에 대해 좀 더 밝힐 수만 있다면 거기서 이 가집이 어떤 경로로 누가 만들었는지도 밝혀질 수 있다. 이를 기대한다.

이 정도 소개가 아까워 이 가집에만 등장하는 가기(歌妓)의 작품을 소개할까 한다. 강강월, 송대춘 이런 이름들이 나오는데, 아마도 이들은 이 가집을 만든 가객들과 더불어 당대 명가기로 활동한 이들이었을 것으로 추측된다.

이 중 강강월의 작품 하나를 소개한다.

> 천리에 만났다가 천리에 이별하니
> 천리 꿈속에 천리 님 보겠구나
> 꿈 깨어 다시금 생각하니 눈물겨워 하노라

『고금가곡(古今歌曲)』

- 단가 이십목 주제 항목별 작품 수록 -

❝편찬자가 보여준 이러한 세분된 주제들은 분명 우리시대에는 구분이 되지 않겠지만 당대인들에게는 누구나 쉽게 구별되던 것들이었을 테니, 이 엇비슷해 보이는 주제어들을 잘 설명해 낼 수만 있다면 우리는 조선시대 가곡을 즐기던 사람들의 정서와 정취, 그 섬세한 결 들을 좀 더 가까이 느껴볼 수 있을 것이다.❞

만든 시기와 책 제목

이번에는 영조 때인 1764년에 만들어진 『고금가곡』이라는 가집을 소개하려고 한다. 이 가집은 매우 독특한 면이 있다고 생각된다. 우선 대개는 악곡별로 정리되어 있는데, 『고금가곡』은 악곡이 아닌 노랫말의 주제에 따라 작품을 정리한 가집이라는 점이다. 또 하나는 그 '노랫말의 주제'만 보아도 18세기 사람들과 오늘 우리시대 사이에 얼마나 큰 정서적 간격이 놓여있는지를 알 수 있기 때문이다.

이 이야기는 조금 후에 더 하기로 하고, 먼저 『고금가곡』의 전체적인 소개부터 하기로 하자.

원래 이 가집은 겉장이 많이 훼손되어 원래 이름을 알 수 없다고 한다. 그런데 이 가집을 만든 사람의 자작시 중에 '고금가곡을 모았다'는 구절이 있어, 이를 따서 『고금가곡』을 책 제목으로 삼았다.

늘거지니 벗이 없고 눈 어두워 글 못 볼 세
고금가곡(古今歌曲)을 모도와(모아서) 쓰는 뜻은
여기나 흥(興)을 부처 소일(消日)코자 하노라

송계연월을 사랑한 편자

흔히 이 가집은 '송계연월옹(松桂煙月翁)'이 지었다고 알려져 있다. 즉 '송계연월[1]'이라는 호를 가진 어느 노인이 편찬했다는 것이다.

그런데 원본을 처음 베낀 일제시대 일본인 학자 '아사미 린따로'에 의하면, 원본에 찍힌 도장에 '일학송계 일리연월(一壑松桂 一里煙月)[2]'이라는 글이 들어 있다고 한다. 아마도 이 가집을 만든 사람은 소나무 숲의 어스름한 달빛을 사랑했던 사람인 듯하다. 그런데 이 말이 후에 어떤 경로인지 알 수 없지만 '송계연월'이라는 호를 가진 노인이라는 말로 와전되고 말았다. 분명하게 알 수 있는 것은 송계연월은 편찬자의 호가 아니라, 송계연월을 사랑하는 마음을 편찬자가 도장으로 담아내었을 뿐이라는 것이다.

편자 이야기가 나온 김에 편자에 대한 추정을 해보지 않을 수 없다. 이 가집의 마지막 부분에는 편찬자의 자작시 14수가 들어있는데, 그 내용들로 보아 편자는 아마도 북쪽 변방에서 근무한 적이 있는, 무관벼슬을 지낸 양반이 아니었을까 싶다. 변방에서 지은 작품 하나를 소개해보자.

> 괘궁정(卦弓亭 정자이름) 해 다 저문 날에 큰 칼 짚고 일어서니
> 호산(胡山)은 저것이오 두만강(豆滿江)이 여기로다

---

1) 송(松): 소나무 송, 계(桂): 계수나무 계, 연(煙): 연기 연, 월(月): 달 월, 옹(翁): 노인 옹.
2) 한 골짜기는 소나무와 계수나무요, 한 마을은 어스름 달빛.

슬프다 영웅이 늙어가니 다시 젊기 어려웨라.

　그의 작품 14수를 종합해 보면, 어려서부터 벼슬에 뜻을 두고 30
여년을 전국 여러 곳을 다니며 벼슬살이를 하다가 결국은 이 모든
것이 한갓 뜬구름일 뿐임을 깨닫고, 칠십 노년에 자신이 진정으로
좋아하는 것은 고향산천에서 가곡을 즐기는 것이라 생각하여, 마지
막 여생을 오로지 가곡에 전념했던 인물인 것으로 보인다.

단가 이십목에 따른 구성

　『고금가곡』은 305수의 작품을 싣고 있다. 305수의 작품은 ‘단가이
십목(短歌二十目)’이라 하여 모두 20개 주제항목을 만들어 그에 따
라 작품을 배열해 놓았다.
　편찬자가 만든 주제 항목은 이렇다.

　인륜(人倫), 심방(尋訪)3), 권계(勸戒), 한적(閑寂), 송축(頌祝), 연음(宴
飮)4), 정조(貞操), 취흥(醉興), 연군(戀君), 감물(感物), 개세(慨世)5) 염정
(艶情)6) 우풍(寓風)7) 규원(閨怨)8), 회고(懷古), 이별(離別), 탄로(歎老)9),

---

3) 심방(尋訪): ‘방문’의 뜻.
4) 연음(宴飮): 잔치 라는 뜻.
5) 개세(慨世): 세상을 분개해 함.
6) 염정(艶情): 연인간 사랑하는 마음.
7) 우풍(寓風): ‘비유하여 풍자함’의 뜻.

별한(別恨), 절서(節序)10), 만횡청류(蔓橫淸流)

그런데 이들 항목들 중에는 오늘날 우리로써는 의미 분별이 되지 않는 것들이 있다.

예를 들면 '송축', '정조', '연군'은 모두 임금에 대한 충성을 노래한 것들이다. '정조'라고 하면 흔히 남녀 간 사랑의 신의, 특히 여성의 신의를 생각하겠지만 『고금가곡』에서는 임금에 대한 사랑을 말한다. 지금 우리는 임금에 대한 충과 사랑을 '연군', '정조', '송축'으로 세분해서 나눌 수 없다. 아마 당시 사람들은 임금에 대해 가지는 '절의(節義)의 마음'에 여러 가지 층차 의미를 둘 수 있었던 것으로 보인다.

또 주제들 중에 '이별', '별한', '규원'을 나누었는데, 이 역시 오늘 우리들은 어떻게 다른지 알 수 없다. 우리는 모두 '이별'이라는 정도의 의미밖에 생각할 수 없다. 그런데도 편자가 이렇게 세분한 것은 당시 사람들은 이별 후에 갖는 마음들도, 결결이 서로 다른 마음들로 구분해낼 만큼 그 정서가 섬세했던 것으로 보인다.

또 이런 구분도 있다. '취흥'과 '연음'을 나눈 것이다. 둘 다 먹고 마시는 흥취를 노래한 것들로 역시 당시에는 '취하고 흥취를 즐기는 것' 외에도 여러 의미 차이가 있는 정취들이 있었던 것 같다.

편찬자가 보여준 이러한 세분된 주제들은 분명 우리시대에는 구

---

8) 규원(閨怨): 여인의 한.
9) 탄로(歎老): 늙음을 탄식함.
10) 절서(節序): 계절.

분이 되지 않겠지만 당대인들에게는 누구나 쉽게 구별되던 것들이었을 테니, 이 엇비슷해 보이는 주제어들을 잘 설명해낼 수만 있다면 우리는 조선시대 가곡을 즐기던 사람들의 정서와 정취, 그 섬세한 결들을 좀 더 가까이 느껴볼 수 있을 것이다. 아마도 이것을 느끼게 해주는 것은 국문학자들의 몫이 아닐까 한다. 그렇게 될 날을 기다려 본다.

아쉬운 한마디

마지막으로 『고금가곡』의 가장 '오래된 책'은 국내에 없다는 말을 하고 싶다. 국내에서는 현재 서울대 도서관에 '남창 손진태', '도남 조윤제' 선생이 베껴 둔 것을 볼 수 있다. 제일 오래된 판본은 일제 시대 '아사미 린따로'가 베껴 둔 것이 현재 캘리포니아 대학의 '아사미 컬렉션(아사미 문고)'에 소장되어 있다고 한다. 일제 강점기라는 아픈 역사적 경험은 우리의 음악 유산 속에서 아직도 진행 중이라는 사실이 가슴을 알알하게 한다.

그러나 다행인 것은 우리에게는 또한 손진태, 조윤제 같은 훌륭한 학자들도 있다는 것이다. 두 분 모두 어렵던 시절 우리 문화유산들의 소중한 가치를 깨닫고 온전히 보존하려고 애썼는데, 특히 손진태 선생이 국학에 남긴 업적들은 엄청나다. 『고금가곡』은 바로 손진태 선생이 시조시인으로 알려진 젊은 노산 이은상[11]에게 베끼게 한 결과, 그 한 부가 남아서 오늘 우리가 이렇게 『고금가곡』에 대한 이야기를 할 수 있게 만들어 주었다. 일찍부터 우리 가곡, 우리 음악의 가치를 알아본 분들 때문에 오늘 우리가 이런 즐거움을 갖게 된 것이다.

---

11) "내 고향 남쪽나라 그 파란 물 눈에 보이네…"라는 시조 <가고파>의 시인.

『(연민본) 청구영언(靑丘永言)』

– 사대부들의 노래사랑 –

66 가곡은 어느 한 계층의 음악이 아니라 노래를 사랑하는 모든 사람들의
음악이었고, 가집 또한 가객들만 만든 것이 아니라 노래를 즐겼던 사
대부들도 평생을 사랑했던 가곡 예술을 한권 가집으로 소중히 담아냈
던 것이다. 99

연민본

이번에 소개하는 『청구영언』은 제일 처음 소개한 김천택의 『청구영언』과는 다른 가집이다. 김천택이 만든 가집은 '조선진서간행회'에서 출판했다고 해서 『(진본)청구영언』이라 하고, 이 가집은 연세대학교 국문학과 교수를 지냈던 '연민 이가원' 선생이 소장했던 가집이라 해서 『(연민본)청구영언』이라고 불린다.

이 『청구영언』은 1961년 한국어문학회에서 영인해서[1] 세상에 알려진 가집이지만, 그 세세한 내용들이 밝혀진 것은 극히 최근이다.

편자 이한진

이 『청구영언』은 '경산(京山)'이라는 호를 가진 사대부 '이한진(李漢鎭 1732 – 1815)'이 만든 가집이다.

지금 남겨진 『청구영언』은 이한진의 친필인데, 그는 가집 끝에 "83세에 안경을 쓰지 않고 이 책을 썼다"고 기록하고 있다. 노익장이 대단했던 모양이다. 그런데 여든세 살 되던 1814년에 이 가집을 완

---

1) 자료총간 제 2집.

성하고 그 이듬해 여든네 살로 세상을 떠났으니, 『청구영언』은 그의 생애를 상징적으로 말해주는 책이라고 말할 수 있다.

이한진의 외가는 당시 세력이 컸던 안동 김씨 가문이었다. 안동 김씨 가문은 세도가인 까닭에 치열했던 권력 투쟁의 와중에 많은 어려움을 겪기도 했다. 이러한 외가의 부침(浮沈)을 지켜본 까닭인지 이한진은 평생 관직에 나아가지 않고 자연에 묻혀 살았다.

이한진은 서예와 음악에 아주 뛰어나서, 당시 '전서(篆書)'라는 글씨체와 '통소 명인'으로 사대부 사회에 널리 알려졌다고 한다. 같은 시대 성대중이라는 사람은 "홍대용의 거문고와 이한진의 통소는 짝이 된다"고 칭찬했는데, 이한진이 모임에서 자주 통소를 불었던 사실은 여러 곳에 기록되어 있어 그가 얼마나 음악을 좋아했는지 잘 말해주고 있다.

가집의 구성

『(연민본)청구영언』은 257수의 가곡작품과 〈속어부가〉라는 가사가 함께 실려 있다.

그런데 작품은 악곡이나 내용에 따른 어떤 분류도 없이 작품만 기록되어 있어, 전혀 체계가 없어 보인다. 다만 작품의 위 여백에 가끔 작자의 호를 밝혀놓는 경우가 있을 뿐이다. 뿐만 아니라 232번째 작품 끝에 '청구영언 필(靑丘永言 畢)'2)이라 해서 '청구영언을 마친

다'라는 기록을 남긴 후에도 다시 작품이 계속되고 있다. 그래서 오랫동안 이 가집은 '사대부'가 편찬했기 때문에 '전문 가객'들과 달리 정성을 덜 기울인, 체계가 잡히지 않은 가집으로 알려졌다.

그런데 최근 가집 연구자들의 보고에 의하면, 악곡명을 기록하지 않았을 뿐 전체적인 작품 순서는 악곡별로 정리되었다고 한다.

맨 앞에 중대엽 계열 작품, 그 다음 초삭대엽 작품, 그 다음 이삭대엽이 가장 많이 수록되고, 다시 농·낙·편에 얹어 부를 수 있는 노랫말이 긴 작품이 배열되어 있다고 한다. 123수라는 절반 가까운 작품이 노래 부르는 순서에 따른 악곡별 배치를 잘 갖추고 있다는 것이다. 그 이후에 노랫말이 짧은 것과 긴 것이 다시 번갈아 이어지고 있다. 바로 이 후반부는 이한진이 악곡별로 작품 정리를 끝낸 이후에, 추가로 더 발견한 작품들을 추록해서 보완한 부분이다. 이렇게 해서 계속 수집 보완을 마치고 나서 마지막으로 '청구영언 필'이라고 기록한 후에, 다시 스승이 지은 가곡과 자신이 지은 작품들을 별도로 덧붙이게 된다. 말하자면 본문 편집이 끝났는데도 이한진은 계속 작품을 더 수록하고 싶어 했던 것이다. 이렇게 해서 이한진의 『청구영언』은 세 차례에 걸쳐 거듭 수집 보완하면서 그의 나이 83세에 비로소 마치게 된다.

결국 이한진의 『청구영언』은 악곡 이름이 없어도, 기록하는 방식은 악곡 순서였던 것이다. 아마도 악곡 이름을 쓰지 않은 이유는 너무 유명한 작품들이어서 당시로써는 누구나 그 작품을 보면 어떤 악

---

2) 필(畢): 마칠 필.

곡으로 부르는지 알 수 있기에 차례만 지켜 기록했던 것으로 보인다. 그야말로 가곡시대다운 편집방식이라고 할 만한 가집이다.

이한진과 함께한 풍류인들

『청구영언』을 만든 것은 이한진이지만, 여기에 실려 있는 작품들은 이한진과 함께 연주회를 가졌던 사람들이 즐겨 불렀던 작품들의 모음집이다. 그래서 이 가집에는 여기서만 만날 수 있는 사람들의 관계를 발견할 수 있다.

몇 가지만 소개해 본다.

우선 그의 스승은 '교교재'라는 호를 가진 '김용겸'인데, 김용겸은 안동 김씨로 이한진의 외가 어른이기도 하다. 또 김용겸은 장악원의 최고 직책인 '제조' 벼슬을 지닐 만큼 음악에 조예가 깊었다. 바로 이 김용겸의 작품을 『청구영언』 본문을 마친 다음에 따로 실을 만큼 스승의 작품을 높이 기렸다.

그런데 스승과 자주 어울려 음악회를 가졌던 기록들을 보면 함께한 많은 인물들이 등장한다. 거기에는 실학자로 유명한 연암 박지원 그룹의 인물들로 알려진 '홍대용', '이덕무', '박제가' 들도 있다. 그런가 하면 장악원 악공이었던 '박보안(朴普安)'이 참여하기도 했다.

재미있는 일화가 있다. 담헌 홍대용의 '유춘오'라는 별장에서 음악회가 열린 일이 있다. 이 모임에서 주인인 홍대용은 가야금을, 홍

경성은 거문고를, 이한진은 퉁소를, 김억은 서양금을, 박보안은 생황을, 유학중은 노래를 불렀다. 그리고 제일 연장자였던 김용겸은 상석에 앉아 있었다. 그런데 갑자기 모든 사람들의 스승인 김용겸이 홀연히 자리에서 내려와, 연주하는 사람들 앞에서 큰 절을 하는 것이 아닌가. 모두 깜짝 놀라 일어서서 어찌 된 일인지 스승에게 물었다. 그랬더니 김용겸은 "옛날 중국의 우임금은 옳은 말에는 절을 했다는데, 오늘 이 연주는 그야말로 하늘에 두루 퍼질만한 훌륭한 음악이니 어찌 늙은이가 한번 절하는 것을 아까워하겠는가?"라고 했다는 것이다. 이들의 연주회가 얼마나 신명나고 깊이 있었는지를 잘 보여주는 에피소드이다. 이런 모임들에서 즐겨 불렀던 노래들이 바로 『청구영언』을 탄생시켰던 것이다.

또 이 가집에는 앞에서 소개했던 〈귓도리 저 귓도리〉라는 작품에 '송용세'라는 이름을 적어 놓았다. 바로 〈실솔곡(귀뚜라미곡)〉이라고 알려진 이 작품을 잘 불렀다는 '송실솔'의 본명이 '송용세'라는 것은 이 가집을 통해 알려지게 되었다. 송실솔은 바로 이한진과 그 주변 사람들과도 어울린 가객이었던 것이다.

지금까지 사대부가 만든 가집 『(연민본)청구영언』 이야기를 했다.
가곡은 어느 한 계층의 음악이 아니라 노래를 사랑하는 모든 사람들의 음악이었고, 가집은 가객들만 만든 것이 아니라 노래를 즐겼던 사대부들도 평생 사랑했던 가곡 예술을 한권의 가집으로 소중히 담아냈던 것이다.

『경대본 영언집(慶大本 永言集)』

- 우조·계면조의 분류 시도 -

이 가집은 많은 훼손에도 불구하고, 가곡이 우조(또는 평조)와 계면조 두 악조로 변화해 가는 때에 '가집을 어떻게 만들 것인가' 하는 선가자들의 첫 고심을 보여주는 소중한 흔적을 담아내고 있다.

가집의 이름

이번에 소개하는 가집은 경북대 도서관에 소장되어 있는 가집이다. 이 가집은 훼손이 아주 심한데, 특히 앞부분이 없어져 누가, 언제 만들었는지 알 수 없는 가집이다. 그래서 가집의 이름도 알 수 없다. 현재 이 가집의 공식 명칭은 경북대 도서관에서 소장하고 있다고 해서 『경대본 시조집』이라고 부르고 있다.

그런데 이 가집은 작품들을 소용, 삼삭대엽, 편삭대엽처럼 악곡별로 분류해 놓고 있다. 바로 시조가 아닌 가곡 가집인 것이다. 이럴 경우 『경대본 시조집』이라고 부르면, 가곡이 아닌 시조집으로 오해받을 수도 있다. 그래서 가곡 가집에서 흔히 사용하는 '영언'이라는 말을 붙여주는 것이 좋을 것 같다.

『경대본 영언집』, 이렇게 부르면 가곡창 가집이라는 것을 쉽게 알게 해주면서도 예전의 고풍스런 제목을 되살릴 수 있을 것이다.

우조와 계면조의 분류를 시도한 가집

훼손이 심한데도 불구하고 소개하는 까닭은 이 가집의 악곡들이 가곡의 역사적 변화를 보여주고 있기 때문이다. 그것은 바로 악곡을 우조와 계면조로 분류하고 있다는 사실이다. 지금까지 소개한 여러 가집들은 모두 어느 것도 악조 구분이 없었다. 그런데 이 『경대본 영언집』에서야 비로소 우조와 계면조로 나누어 작품을 단정히 정렬시키고 있다.

그러면 우조와 계면조로 나누어지기 전의 악조는 어떻게 구분되어 있었을까. 우리 음악은 18세기 말까지 대체로 4개의 악조[1]로 되어 있다가 19세기 들어서면서부터 평조 계열이 사라지고 우조와 계면조 두 악조로 정리 되었다.

그렇다면 이제까지 앞에서 본 여러 가집들의 작품들은 어떤 악조에 얹어 불렀을까. 그것은 정확히 알 수 없다. 분명한 것은 네 악조 중 어느 하나의 악조를 선택했을 것이다. 예를 들어 '이삭대엽'의 '버들은'은 4개의 악조 중에서 이 노래의 느낌을 가장 잘 살릴 수 있는 어느 한 악조를 주로 선택했을 것이다. 그런데도 악조 분류를 하지 않은 것은, 아마도 악곡 분류만으로도 만만치 않은데 여기에다가 4개씩이나 되는 악조별로 다시 모든 노래를 분류한다는 것이 너무 복잡한 작업이기 때문이었을 것이다.

그러다가 우리 음악 전체가 단 2개의 악조로 변화하고 정착하자 이제 가곡도 이런 음악적 변화에 맞추어 자연스럽게 2개의 악조로 부르게 되고, 가집들도 2개 정도의 악조라면 책에 그 분류를 보이는 것도 그다지 어렵지 않기에 서서히 우조와 계면조 분류를 시도한 것으로 보인다. (참고로 여기서 '우조'라는 것은 오늘날 '평조'에 해당한다.)

---

1) 평조, 평조계면조, 우조, 우조계면조.

앞부분이 많이 훼손되어 있는 이 가집의 시작부분을 알 수는 없다. 남아 있는 것들을 중심으로 악곡 차례를 보면 이렇다.[2]

　계면 이삭대엽(128수), 소용(3수), 삼삭대엽 우조(5수), 삼삭대엽 계면조(14수), 만수대엽 계롱(67수), 얼롱(17수), 낙시조 우조(53수), 낙시조 계면조(24수), 편락시조 우조(4수), 편삭대엽 계면(23수)

이처럼 악곡 하나(예를 들어 삼삭대엽, 낙시조)를 우조와 계면조로 나누고 있다. 문제는 이렇게 나누면 가곡 부르는 순서에 맞지 않다는 것이다.[3] 오늘날 평조를 먼저 부르고 계면조로 넘어가듯 배치하려면, 우조 악곡들을 먼저 놓고 계면 악곡들은 뒤에 놓아야 하는데, '삼삭대엽 우조 / 삼삭대엽 계면조'처럼 우조와 계면조를 나란히 놓고 있는 것이다.

이는 이 가집이 19세기 들어서면서 우리 음악에 나타난 변화를 이제 막 몸으로 겪고 있음을 보여주는 단서들이다. 다시 말해 우조와 계면조 두 악조로 정착하기 시작하는 단계에서 가집을 만들다 보

---

2) 그래서 현재 첫 부분은 악곡명이 없이 바로 작품을 시작하고 있다. 그런데 이들 첫 부분의 작품을 검토해 보면 대체로 '계면 이삭대엽'인 것을 알 수 있다. 이 글은 '계면 이삭대엽'을 넣어 악곡차례를 살핀 것이다.

3) '삼삭대엽'이나 '낙시조' 같은 경우는 자연스러운데, '편락'은 '우조'로만 볼 수 없기 때문이다. '편락'은 우조로 부르다가 3장에서 계면조로 바뀌기 때문이다. 그런데도 우조라고 한 것은 다음에 이어지는 '편삭대엽'과 짝을 맞추기 위해 '편락'은 우조, '편삭대엽'은 계면이라 했던 것으로 보인다.(초삭대엽 우조 / 계면조와 이삭대엽 우조가 없는 것은 이 가집의 앞부분이 많이 떨어져 나갔기 때문이다.)

니, 이런 첫 변화를 정성껏 반영시킨 하나의 사례로 바로 이런 분류를 만들게 했던 것이다. 그런 점에서 이 가집은 많은 훼손에도 불구하고, 가곡이 우조(또는 평조)와 계면조 두 악조로 변화해가는 때에, 선가자들이 '가집을 어떻게 만들 것인가' 하는 첫 고심을 보여주는 소중한 흔적을 담아내고 있다.

소장자들

이 가집에는 모두 338수 작품이 수록되어 있는데, 여기에는 작가나 노래에 관한 어떤 기록도 없어서 가집이 만들어지던 때의 이야기를 나눌 수 없다. 그러나 누가 만들었든지 간에, 후에 이 사람 저 사람 여러 손을 거쳤음을 보여주는 '도장'이나 '기록'들이 발견된다. 잠깐 이 가집을 가졌던 이들에 대한 이야기를 하고 싶다.

먼저 '조병국', '여주군', '조금산 책', '조영승 신'이라는 낙서와 도장이 앞부분에 보인다. 실제 여주에는 '조씨'들이 많이 살고 있다. 아마도 이 가집은 경기도 여주의 '조씨 집안'에 전해 내려오던 가집이었을 것이다.

그런가하면 또 다른 도장들에는 '조선어학회', '애류장서(涯溜藏書)', '홍익인간' 이런 글씨들이 발견된다. 그런데 '애류장서'의 '애류'는 구한말에 태어나 일제강점기에 국어학자와 사학자로 애썼던 권덕규(1890-1950)의 호이다.

또 이 가집을 경북대에 기증한 사람은 대구의 이응낙 씨인데, 이분은 처남에게서 이 책을 받았다고 한다. 그의 처남은 'ㅂ룰'이라는 호를 사용하는 '정희준'이라는 사람이라고 하는데, 정희준은 경북 영천 사람이면서 대구고보와 연희전문을 나와 '조선어학회' 회원으로 활동했다고 한다. 6.25때 월북하면서 이 가집을 이응낙 씨한테 맡겼다는 것이다.

결국 이 가집은 경기도 여주의 조씨 집안에서 전해오다가, 어느 때에 경북 지역에까지 전해진 것을 알 수 있다. 가집이 지방에서도 두루 유통되면서 향유되었던 것을 알 수 있다.

또 이렇게 소중한 가집이 일제시대 우리말을 온몸으로 지켜낸 '조선어학회' 회원들의 노력으로 전해지게 되었다는 것은 가슴 찡한 감격이기도 하다.

『가 보(歌譜)』

- 독특한 표정을 지닌 가집 -

『가보』는 아직 우리가 그 표정을 다 읽을 수는 없지만, 그만의 독특한 표정을 갖고 있는 가집이다. 곳곳에 달아 놓은 의외의 자세한 설명들이 이를 말해주고 있다. 『가보』의 표정들을 더 많이 이해할 수 있을 때, 가곡도 좀 더 우리 곁으로 다가오게 될 것으로 생각한다.

『가보』라는 책이름과 편자

『가보』는 노래 가(歌), 계보 보(譜), 즉 '노래 계보', '노래 악보'라는 뜻이다. '영언'이나 '가요' 같은 제목들과 달리 금보(琴譜)들처럼, 노래의 악보 『가보』라고 한 것은 이 책이 유일하다. 현재 국립중앙도서관에서 만날 수 있는 가집이다.

그런데 『가보』는 편찬자가 누구인지, 언제 만들었는지 알 수 없다. 다만 맨 마지막 장에 '서울의 김익환(金益煥) 소장을 단기 4282년 3월(1949년)에 등사했다'고 기록하고 있어, 그 소장자를 알 수 있다. 그러나 김익환 소장본이 현재 확인되지 않으니, 국립중앙도서관본이 유일본인 셈이다.

이렇게 편자를 모르는 『가보』를 소개하는 이유는 두 가지 이유 때문이다. 하나는 이 가집에서 처음으로 '여창'이 등장하기 때문이고, 또 하나는 '악곡명' 중 특이한 명칭들이 발견되기 때문이다.

『가보』의 악곡 배열

먼저 여창의 모습을 보기 전에 전체 악곡부터 보자. 총 366수의 작품이 25개나 되는 악곡에 배치되어 있다. 18세기말까지 대략 열 댓 개 정도의 악곡수에 비해 이는 상당히 많은 편이다.

　　첫중한엽 우조, 둘째 중한엽 계면, 셋째 중한엽 우조, 첫즌한엽 계면, 존자즌한엽, 소용, 반엽자즌한엽, 둘째자즌한엽, 셋째 자즌한엽 계면, 존 자즌한엽, 산락, 편롱, 계락, 우락, 산락, 편락, 편삭대엽, 계락, 우락, 긴숑, 슬낭이, 존자즌한닙 계면, 둘째 자즌한닙 계면, 존자즌한닙 우죠, 계락

　　전체적으로 우조와 계면조로 나누었지만, 악조를 정확히 다 표기 해 놓은 것이 아니어서 전반적으로 체계가 잡혀 보이지 않는 가집이 다. 게다가 이 가집에는 중복되는 악곡들까지 여러 개 보여서 더욱 주목을 받지 못했다.

여창과 새로운 악곡명

　　그런데 이 중복되는 악곡들을 보면 모두 뒤편에 모아져 있는 것 을 발견할 수 있다.

　　계락, 우락, 긴숑, 슬낭이, 존자즌한닙계면, 둘째 자즌한닙계면, 존자 즌흔닙우됴[1]

---

1) 맨 끝에 계락이 한 번 더 나오는데, 여기서는 기록하지 않았다.

순서가 거꾸로 되어 있는데 바로 잡아보면 이삭대엽, 두거, 우락, 계락, 슬낭이, 긴숑이 된다. 이들은 가집 전반부의 초중대엽부터 편삭대엽까지 17개 악곡에 있는 악곡들이 또다시 등장한 것들이다. 바로 이 부분이 여창이었던 것이다. 이것이 여창인 줄 몰랐으니, 『가보』를 산만한 가집으로 여겨 주목하지 않은 것은 당연한 일이다.

게다가 이 여창에는 어느 가집에도 나오지 않는 '슬낭이'와 '긴숑'이라는 낯선 이름이 보인다. 처음 나타나는 묘한 이 이름들은 『가보』를 더욱 낯설게 만드는 요인이기도 했다.

그런데 『가보』는 전체적으로 우리말 악곡명을 많이 사용하는 가집이다. 이 점을 감안하면 슬낭이와 긴숑도 의외로 쉽게 우리말로 풀려진다.

우선 슬낭이와 긴숑이라는 알 수 없는 악곡명을 제외하고 보면, 이 가집의 여창에는 '농'과 '편삭대엽'이 빠지게 된다. 그렇다면 이 두 악곡은 '농'과 '편삭대엽'일 것이다.

'슬낭이'는 '살랑거리다'의 뜻으로 흥청거리는 농조(弄調)를 순우리말로 표현한 것으로 보인다. 그렇다면 악곡으로는 '농'일 것이다.

'긴숑'의 '긴'은 우리말 '길다'라는 뜻으로, '편삭대엽'의 '편'에 해당한다고 할 수 있다. 즉 긴 사설을 엮어내는 편삭대엽처럼, 긴 사설을 송(誦)하다, 엮다는 의미가 된다.

독특한 표정을 갖는 가집

물론 이렇게 새로운 악곡명을 밝혔다고 해서 『가보』가 해명된 것은 아니다. 아직 이 가집에는 의문이 가는 부분이 많이 있다. 중요한 것은 그동안 알 수 없는 부분들을 '질서가 없다'거나 '이상한 형태'라고 던져두고 더 이상 우리 곁으로 가까이 가져오려 하지 않았는데, 바로 이런 부분들이 우리의 애정 어린 지속적인 관심에 따라 하나씩 해명되기를 기다리는 부분이라는 것이다. 그만큼 『가보』는 자기만의 독특한 표정을 갖는 가집인 것이다. 음악과 관련한 이론을 가집 뒤에 여러 가지 기록해 놓고 있는 것에서도 『가보』의 이런 표정은 발견된다.

예를 들어 '노래를 쉴 때의 몸가짐'에 대한 기록을 이렇게 하고 있다.

> "평심(平心)하고 단정히 앉아 정신을 함양(涵養)하여
> 뜻을 소리 앞에 두라"

휴식시간에 다음 노래를 위해 어떤 자세를 취해야 하는지를 기록하고 있는 가집은 『가보』뿐이다.

그런가 하면, 어떤 노랫말에는 이런 설명이 붙어 있기도 하다. "잇다감 낙목성(落木聲 잎 떨어지는 소리) 들릴제면 내 안 둘 데 업셔라(내 마음 둘 데 업셔라)"라는 노랫말 끝에다 '안은 마음'이라고 작은 글씨로 설명을 달아놓고 있다.

모든 가집은 가집마다의 표정이 있다고 생각한다. 『가보』는 아직

우리가 그 표정을 다 읽을 수는 없지만, 그만의 독특한 표정을 갖고 있는 가집이다. 곳곳에 달아놓은 의외의 자세한 설명들이 이를 말해 주고 있다. 『가보』의 표정들을 더 많이 이해할 수 있을 때, 가곡도 좀 더 우리 곁으로 다가오게 될 것으로 생각한다.

『남훈태평가(南薰太平歌)』

– 시조책이면서 유일한 인쇄본 –

66 조선시대 이러한 사려 깊고 노래를 사랑하는 방각업자 덕분에 오늘
　　우리는 단 한권의 인쇄된 시조가집 『남훈태평가』를 만날 수 있게
　　되었다. 오늘 그가 보고 싶다. 99

태평한 노래 『남훈태평가』

『남훈태평가』의 '남훈'이라는 말은 순임금이 '남풍가'를 지어 오현금에 타던 궁전(남훈전)의 이름이다. 흔히 살기 좋은 시절을 '요순시절'이라고 하듯, 순임금 때는 바로 태평세월 시대를 말한다. 『남훈태평가』는 바로 순임금의 남훈전에서 불렀던 것과 같은 태평한 노래라는 뜻이다. 바로 가곡이나 시조를 예전 사람들이 어떻게 생각했는지를 제목이 말해주고 있는 것이다.

두 가지 성격

지금까지 다룬 가집들은 모두 '가곡책'이었는데, 『남훈태평가』는 가곡이 아닌 '시조책'이다.

또 지금까지 살펴본 가집들은 모두 '필사본'들인데, 『남훈태평가』는 '목판본', 즉 '인쇄본'이다. 가집 중에서 단 하나 유일하게 만들어진 인쇄본이다.

매우 특색 있는 이 두 가지 특징들을 가지고 『남훈태평가』에 담겨있는 이야기들을 풀어보기로 한다.

시조집

작품은 총 224수가 실려 있는 있는데, 종장 마지막 구(하노라, 하리라 등)가 생략되어 있어 '시조집'인 것을 알 수 있다. 그런가하면 초·중·종, 3장을 구분하는 구두점이 찍혀있다. 그런데 전체 다 찍혀 있는 것은 아니고 46번째 작품까지만 표시되어 있다. 아마도 이러한 구분이 너무 쉬워서 중간에 구두점으로 장(章) 표시하는 것을 그만 둔 것으로 보인다.

이 가집은 시조 외에도, 시조가 끝난 부분에 '잡가편'이라하여 〈소춘향가〉, 〈매화가〉, 〈백구사〉가 있고, 이어서 '가사편'이라 하여 〈춘면곡〉, 〈상사별곡〉, 〈처사가〉, 〈어부가〉가 들어있다. 오늘날 십이가사의 하나인 〈백구사〉를 가사가 아닌 잡가라고 한 것이 특이하다. 그런가하면 가곡이나 시조 가집에 〈소춘향가〉 같은 12잡가가 함께 실려 있는 것도 『남훈태평가』뿐이다.[1]

---

1) 또 『남훈태평가』는 작품이 시작되는 첫 장, 첫 머리에 여러 악곡명들을 한글로 적어 놓고 있다. 낙시됴, 롱, 편, 송, 소용, 우됴, 후졍화, 계면, 만수되엽, 원사청, 잡가, 가사의 순서로 적혀있는 이들은 대부분이 가곡의 악곡명들인데, 이들 악곡명을 시조집인 이 가집에 왜 기록해 놓았는지 알 수 없다. 또 이들 중에서 '원사청'은 어떤 악곡인지도 알 수 없다. 이러한 악곡명들 다음에 다시 '낙시됴'라는 이름을 붙이고 그 아래에 시조 작품들을 수록했다. 결국 시조작품들을 '낙시됴'라고 한 셈인데, 시조를 왜 '낙시됴'라고 불렀는지도 역시 알 수 없다. 『남훈태평가』는 아직 좀 더 탐색되기를 기다리는 가집인 셈이다.

방각본

『남훈태평가』는 나무에 글자를 새겨 찍은 '목판 인쇄본 가집'이다. 말하자면 필사본과 달리 대량생산을 위해 인쇄된 책이다. 이렇게 목판 인쇄본 중에서 민간인이 영리를 목적으로 간행한 책을 '방각본(坊刻本)2)'이라고 한다. 방각본은 조선후기 중에서도 주로 19세기에 많이 만들어졌고, 주 종목은 고소설들('춘향전', '소대성전' 등)이었다.

방각본들은 대개 언제 판각을 만들었는지 간기(刊記)도 적혀 있는데, 『남훈태평가』는 맨 마지막에 '계해석동신간(癸亥石洞新刊)'이라는 표기가 들어있다. 계해는 1863년(철종14년)으로, '계해년'에 '석동'에서 새로이 간행한 책인 것을 알 수 있다. 여기서 석동이 어디인지는 아직 밝혀지지 않았다.

그런데 이 석동에서 방각된 책은 단 두 권밖에 없다. 하나는 1863년의 『남훈태평가』이고, 다른하나는 1860년의 『한양가』이다. 단 두 권만 출간했는데 그것이 모두 노래책이라는 것은 아주 신기한 일이다. 또 19세기 민간 방각소에서 노래책을 출간한 경우는 이 '석동 방각소'가 유일하다.

그런데 이 시기 방각소들이 제일 많이 찍은 것은 고소설들('춘향전', '유충렬전', '소대성전' 등)이다. 고소설이 가장 많이 팔리기 때문이다. 정말 상업적 이윤이 목적이었다면 석동의 방각업자는 가집이

---

2) 방(坊): 가게 방.
　각(刻): 새길 각.

아닌 소설책을 선택했어야 했다. 방각업을 한다면 으레 고소설을 찍던 시절에 고소설은 한권도 발간하지 않고, 다른 방각업소에서는 생각지도 않는 노래책만 두 권을 찍었다면 왜 그랬을까?

수익성 높은 소설을 포기하고 상대적으로 이익이 적은 노래책만을 고집했다면, 여기에는 석동 방각업자의 각별한 뜻이 있었을 것이다. 더욱이 석동에서 만들어진 책이 단 두 권뿐이었으니, 이곳은 영세한 방각소가 분명하다. 그런데도 노래책만을 간행했으니, 노래책 간행을 이익과 상관없이 매우 의의있는 일이라고 여기지 않고는 불가능한 일이다. 석동 방각업자는 개인적으로 노래를 사랑하고, 이 노래를 널리 알리고 남기는 것을 매우 가치 있는 일이며, 자신이 해야 할 일이라고 여겼던 것 같다. 오늘날로 말하자면 영세하지만 철학이 있는 출판업자라고 할 수 있을 것 같다. 조선시대 이러한 사려 깊고 노래를 사랑하는 방각업자 덕분에 오늘 우리는 단 한권의 인쇄된 시조집 『남훈태평가』를 만날 수 있게 되었다.

오늘 그가 보고 싶다.

『흥비부(興比賦)』

– 정직한 편찬자의 가집 –

66 이 가집의 편찬자는 노래에 대해 아주 정직한 사람이라는 생각이
든다. '자신이 할 수 있는 것과 할 수 없는 것', 또는 '더 공부해야
할 부분'을 사실 그대로 가집에 담아 놓을 수 있는 사람이다. 99

한시와 같은 격에 놓은 이름

이번에는 가집 이름으로는 매우 낯선『흥비부』라는 가집을 소개한다. 한시에는 6가지 체가 있다. 풍(風), 부(賦), 비(比), 흥(興), 아(雅), 송(頌) 이라는 체가 그것이다. 이 6가지 중에서 흥, 부, 비, 세 가지를 따와서 가집 이름으로 삼았다. 말하자면 가곡을 한시와 같은 격에 놓은 이름이다. 이렇게 이름 짓는 방식부터가 기존의 '영언'이니 '가요'니 하는 가집들과는 사뭇 다른 종류의 가집이라는 것을 말해 준다.

『흥비부』의 악곡 배열

『흥비부』는 간기가 기록되어 있지 않아, 언제 누구에 의해 만들어진 가집인지 알 수 없다. 그러나 매우 잘 정돈된 가집이다.

우선 맨 앞에는 평조, 우조, 계면조의 3조 설명을 비롯하여, 5장의 장단, 거문고의 여음을 구음(둥덩둥덩 덩덩둥…)으로 표시하는 등 가곡을 위한 여러 음악적 표기들을 적어놓고 있다.

본문은 악곡별로 수록되어 있는데 크게는 우조와 계면조로 나뉘어 있고, 이어서 여창이 나온다. 편집이 잘 짜여진 것이다.

그런데 악곡 중에 19세기 후반에 만들어지는 평거, 중거가 아직 없는 것으로 보아 19세기 중반에 만들어진 가집인 것을 알 수 있다.

『흥비부』의 특이한 악곡명들

『흥비부』의 악곡이름 중에는 다른 가집에서 볼 수 없는 특이한 이름들이 보인다. 『가보』라는 가집에서 '살랑이', '긴숑'이라는 독특한 악곡 이름을 발견했는데, 『흥비부』에서도 새로운 이름들이 보인다.

❶ '조을음(助乙音)', '머리드난 것'

먼저 '조을음(助乙音)'이라는 이름이 보인다. 이 곡은 이삭대엽과 삼삭대엽 사이에 놓여 있다. 한자어로 도울 조(助), 새 을(乙), 소리 음(音) 자를 썼지만, 이는 우리말 발음을 한자어로 바꾸었을 뿐 특별한 한자어 뜻을 갖고 있는 것은 아니다. 우조 조을음에 3수, 계면 조을음에 6수가 실려있는데, 이 작품들을 다른 가집들에서 찾아보면 모두 두거(頭擧)다. 따라서 '조을음'은 '두거'의 다른 이름이다.

그럼 왜 두거를 '조을음'이라고 했을까? 19세기 전반의 금보 『삼죽금보』에는 두거가 처음 보이는데, 이때 두거의 이름은 '조림(調林)'이라고 표기되었다. 또 『여창가요록』에는 두거를 '존 자진한잎'이라고 표기되어 있다. '조을음', '조림', '존' 이런 말들은 모두 '좁은 음'의 뜻을 가진 우리말에서 온 것들이다. 옛말 '조을다'는 좁다의 뜻이다.

'두거'는 '머리를 든다'는 뜻으로 초장부터 높은 소리로 질러내며 템포가 빨라지기 때문에 '존하다', '좁다'라는 의미의 '조을음', '조림', '존 자진한잎'이란 말들이 사용되었던 것 같다. '두거'라는 한자식 악곡명이 만들어지기 전 순우리말로 된 '조을음'이라는 악곡명을 『흥비부』는 보여주고 있다.

또 『흥비부』 여창에는 '우조 두거'를 '우조 머리드난 것'이라고 기록해 놓았다.

이같이 『흥비부』는 악곡의 음악적 특징을 잘 포착해서 악곡 이름을 짓는 방식을 사용하고 있다. 그러다보니 『흥비부』 한 가집 안에서도 '조을음', '머리드난 것' 이렇게 다른 이름들이 나오게 되었다. 그러나 '두거'라는 악곡 특징은 이 말들을 통해 아주 잘 표현된 셈이다.

❷ '계면 삼삭대엽 후 후려부르는 것'

'계면 삼삭대엽' 다음에는 '계면 삼삭대엽 후 후려부르는 것'이라고 표기하고, 그 아래에 2수의 작품을 수록했다. 이 작품들은 모두 '만횡'이다. '만횡'의 음악적 특색을 『흥비부』에서는 '후려부르는 것'이라고 표기했던 것이다. 이미 '만횡'이라는 말이 널리 사용되고 있었는데도, 『흥비부』의 편찬자는 악곡의 특징을 살려내는 말을 악곡명으로 사용한 것이다.

❸ '일편 후 해가(一編後 解歌)'

우조와 계면조의 23곡이 끝난 후에는 '일편 후 해가'라고 이름짓고, 그 아래에 "이려도 태평성대 저려도 태평성태…"로 시작되는 '태평가'를 수록하고 있다. '일편 후 해가(풀 해(解), 노래 가(歌))'라는 말은 일편을 부른 후, 곧 한바탕을 부른 후 푸는 노래, 곧 마무리 노래라는 뜻이다. '태평가'가 한바탕 마무리 곡으로 최초로 등장하는 가집이 『흥비부』이다. 그리고 다른 가집들에서는 '대가', '태평가'라는 말을 주로 사용하는데, 『흥비부』는 '일편 후 해가'라고 해서 이 노래의 기능을 풀어서 설명하는 말을 쓰고 있다. 편찬자의 특징이 여기서도 잘 드러난다.

④ '각조음(各調音)'

『흥비부』의 최고의 특색은 우조와 계면조 한바탕과 여창 한바탕이 끝난 후에 '각조음'이라는 이름 아래에 들어있는 143수에 있다. 이 143수나 되는 '각조음'은 지금까지 어떤 가집이나 금보에도 나오지 않기 때문에, 그동안 이 가집은 알 수 없는 책으로 방치되다시피 되었다.

그러나 조금만 더 가집을 만든 사람의 심정으로 돌아가 깊이 생각해보면, '각조음'이 그렇게 풀리지 않는 암호 같은 것은 아니다.

우선 '각조음'은 우조 · 계면조 한바탕과 여창 한바탕 모두가 잘 정리된 다음에 나온 것이라는 점을 기억해야 한다. 말하자면 가곡 한바탕 형식에서 더 이상 나올 곡목이 없는 것이다. 그렇다면 한자어 '각조음'은 무슨 말일까? 각각 각(各), 가락 조(調), 소리 음(音). '각각의 조음(각각의 가락)'이라는 말이다. 조음은 바로 우조 · 계면조를 가리킨다. 따라서 '각조음'에 들어있는 143수는 각각 우조와 계면조에 적절히 올려야 하는 노래라는 뜻이다.

그럼 왜 이들 143수는 우조와 계면조에 배속시키지 않았을까? 바로 이 시기는 전통적인 4개의 악조에서 2개 악조(우조·계면조)로 줄어드는 시기였다. 4개의 악조 중 하나에 얹어 부르던 노래가 이제는 2개 악조 중 하나에 얹어 부르게 된 것이다. 바로 이러한 악조에 따른 노랫말 배치가 쉽지 않았다는 뜻이다. 143수의 노래 하나 하나를 우조로 불러야 좋은지 아니면 계면조로 불러야 좋은지 아직 자신은 판단할 수 없다고 편찬자는 생각한 것이다. 자신 있는 293수는 앞에서 우조와 계면조로 분류해 놓았지만, 아직 판단 못한 143수는 '각조음'이라는 항목을 만들어 따로 모아놓았던 것이다.

쉽게 말해서, '각조음'은 조에 대한 판단 보류, 조에 대해 더 생각해 볼 노래들이라는 의미이다.

『흥비부』를 보면 이 가집의 편찬자는 노래에 대해 아주 정직한 사람이라는 생각이 든다. 자신이 할 수 있는 것과 할 수 없는 것, 또는 더 공부해야 할 부분을 사실 그대로 가집에 담아놓을 수 있는 사람이다.

이런 사람이기 때문에 악곡 이름들을 붙이면서, 악곡의 특징을 그대로 살려 '조을음', '후려부르는 것', '한바탕 후 푸는 노래'와 같이 악곡 이름을 실감나게 적어 놓을 수 있었을 것이다.

『흥비부』편찬자는 오늘 우리에게 노래에 대해 겸손하고 정직해야, '참 노래', '참 가곡'을 얻게 될 수 있다고 말하는 듯하다.

『(육당본) 청구영언(靑丘永言)』

- 잘 짜여진 초대형 가집 -

66 19세기는 '가곡 한바탕'을 잘 엮는 일에 총력을 기울이던 시기이다.

좀 더 '완벽한 한바탕'을 만들기 위해 삭대엽보다 먼저 만들어진

중대엽까지 갖추었던 것이다. '한바탕'이라는 가곡의 커다란 공연방

식을 좋아하던 시기였다고 생각된다. 99

육당본

이번에 소개할 가집은 『청구영언』인데, 이 가집은 제일 먼저 소개했던 김천택의 『청구영언』과 이름만 같을 뿐 전혀 다른 가집이다.

같은 제목을 갖는 가집들이 많다고 했다. 그래서 구분하기 위해 가집을 소장하고 있는 사람이나 첫 발견자, 또는 소장하고 있는 곳의 이름을 따서 『○○본』이라고 말한다고 이야기했었다. 최초의 가집은 '조선진서 간행회'라는 곳에서 출판했기 때문에 『(진본)청구영언』이라고 하고, 오늘 이 가집은 '육당 최남선'선생이 가지고 있던 가집이라고 해서 『(육당본)청구영언』이라고 한다.

그런데 우리 국악연구자들은 『청구영언』이라고 하면 으레 김천택의 가집을 생각한다. 그래서 『(육당본)청구영언』이 김천택의 가집으로 소개되기도 했다.[1] 그러나 『(육당본)청구영언』은 1852년경 만들어진 가집으로, 『(진본)청구영언』으로부터 120여년이나 후에 만들어진 것이다.

---

1) 예를 들어 이혜구 선생님은 1976년 『한국예술총람』이라는 책의 '개관편'에서 1728년 김천택의 『청구영언』의 악곡 전체를 소개했는데, 이때 악곡들은 김천택의 『(진본)청구영언』이 아니라 바로 『(육당본)청구영언』의 악곡들이다. 이혜구 선생님은 『청구영언』이라는 책 제목을 보고 이것을 김천택이 만든 것으로 여겼던 것이다.

잘 짜여진 가집

『(육당본)청구영언』은 크게 우조와 계면조로 나뉘어 있다. 또 '가곡 한바탕' 악곡에 이어 '여창 한바탕'도 잘 갖추고 있다. 한마디로 잘 짜여진 가집이다.

또 하나의 특징은 이 가집보다 더 이른 시기에 만들어진 가집들도 중대엽 없이 삭대엽만의 악곡들로 이루어져 있는데, 『(육당본)청구영언』은 중대엽까지도 갖추고 있다는 것이다. 초중대엽, 이중대엽, 삼중대엽이 우조와 계면조 모두에 들어있다. 이미 18세기부터 너무 느린 중대엽 악곡들은 좀처럼 불리지 않았다. 그러니 19세기 『(육당본)청구영언』의 중대엽들은 좀 이상하다는 생각이 들기도 하나, 중대엽을 필수적으로 싣는 것은 19세기 가집들의 특징이기도 했다. 19세기는 '가곡 한바탕'을 잘 엮는 일에 총력을 기울이던 시기이다. 좀 더 '완벽한 한바탕'을 만들기 위해 삭대엽보다 먼저 만들어진 중대엽까지 갖추었던 것이다. '한바탕'이라는 가곡의 커다란 공연방식을 좋아하던 시기였다고 생각된다.

『(육당본)청구영언』은 999수를 싣고 있는데, 이는 현재 남겨진 가집 중 두 번째로 큰 방대한 가집이다.[2] 이렇게 대형 가집을 기획한 편찬자의 안목이 중대엽을 소중하게 편집했던 것이다.

악곡만 보자면, 19세기 전반기인 이때는 아직 '중거 평거 두거'가 만들어지지 않았고, 뒷부분의 '얼편'도 만들어지지 않았다. 또 '태평

---

[2] 제일 큰 가집은 『(육당본)청구영언』보다 110수를 더 실은 총 1109수의 『병와 가곡집』이다.

가'가 마무리 곡으로 정착되지도 않았다. 이런 곡들은 한 세대(약30년) 후에 등장하게 된다. 그러나 '장진주'는 여창의 악곡으로 당당히 제목과 가사를 싣고 있다.

가집에 작용한 손길들

『(육당본)청구영언』은 누가 만들었는지 정확히 알려져 있지 않다. 그러나 그 대체적인 윤곽은 그릴 수 있는 가집이다. 이 가집에는 다른 어떤 가집에도 나오지 않고 오직 『(육당본)청구영언』에만 등장하는 중요한 작가와 작품들이 다수 있다. 예를 들어 김영, 이면승, 김조순, 효명세자 등인데, 이들은 모두 순조 때에 요직을 지낸 인물들이다.

특히 효명세자의 작품은 7수나 실려 있는데, 이 작품은 오직 『(육당본)청구영언』에서만 볼 수 있다. 효명세자는 공연예술사에서 아주 중요한 인물이다. 효명세자가 아버지인 순조임금을 위해 '진연(쉽게 말하면 공식적인 궁중잔치)'이라는 나라의 큰 공식적인 연회를 개최하면서, '궁중공연용 정재(춤)' 여러 개를 '김창하'라는 사람과 함께 새로 만들었다. 그런데 이 효명세자가 정재만 새로 만든 것이 아니라, 궁중공연을 위해 가곡 작품 14수도 지어 무대에 올렸다. 바로 『(육당본)청구영언』에 있는 효명세자의 7수 작품도 그들 축하노래 중 하나이다.

그런데 이 이야기를 하는 것은 바로 그 축하용 가곡 작품들이 화

려하면서도 장중하게 진행되는 '진연 의식'의 어떤 순서에서 누가 불렀는지를 말하고 싶어서이다. 예전에는 이런 대형 궁중연회는 『진찬의궤(또는 진연의궤)』라고 불리는 책에다 모든 절차를 다 기록해 보관했다. 바로 효명세자의 작품도 기축년(1829)에 만들어진 『진찬의궤』를 통해 좀 더 자세한 상황을 알 수 있다.

이런 축하용 가곡 작품들은 그냥 아무 때나 불렀던 것이 아니라, 꼭 '외연'에서만 불렀다.[3) 외연은 임금님의 친인척이 아닌 '만조백관'들이 주 초대손님이 되는 연회이다. 연회에서는 주인공인 임금에게 술과 음식을 올리기도 하지만, 초대된 축하객들이 기쁘게 술과 음식을 받기도 한다. 가곡 작품은 바로 축하객들이 임금으로부터 술과 음식을 받는 감격의 순서에서 불려졌다. 뿐만 아니라 세자의 가곡 작품 공연을 위해 민간에서 가객들이 초빙되었다. 당시 유명한 가객 정수경, 양천호, 김수익, 임성창 네 사람들이 특별 초빙되었던 것이다. 이들의 공연모습은 『진찬의궤』에 자세히 그려져 있다.

그런데 이들 중에서 가객 정수경의 또 다른 창작 작품이 『(육당본)청구영언』에 실려 있기도 하다. 『(육당본)청구영언』이 잘 짜여진 '초대형 가집'이면서, 진연에서 공연된 '세자 작품'까지 실려 있었으니, 궁(宮)의 지원을 받아 만들어진 가집으로 여겨진다. 그렇다면 『(육당본)청구영언』은 가객 정수경이 효명세자의 지원을 받아 만들었을 가능성이 높다고 보아야겠다. 마치 효명세자가 춤꾼 김창하와 함께 정재를 만들었듯이, 가객 정수경과 함께 가곡과 가집을 만들었

---

3) 진연에는 '외연'과 '내연'이 있다. '외연'은 주축하객이자 초대 손님이 '만조백관'이고, '내연'은 '임금의 친인척들'이 중심이 되는 연회이다.

을 확률이 높다고 생각된다.

이렇게 가곡은 궁중의 중요한 의식에서 중요한 성악곡으로 공연되기도 할 정도로 조선 사람에게는 감동 깊은 노래 장르로까지 성장했던 것을 『(육당본)청구영언』은 말해주고 있다.

『가곡원류(歌曲源流)』

- 정음 바로잡기 -

❝ 우조와 계면조는 본디 고착된 것이 아니고 옮겨갈 수 있으니, 우조로 계면을 삼고 계면으로 우조를 삼을 수 있다. 또 삭대엽, 농, 낙, 편도 서로 옮겨가면서 노래할 수 있으니 악보에만 집착하는 것은 옳지 않다. 여창도 여창에만 고정되지 않고 남창사설 가운데 옮겨 올 수 있다. 이는 모두 그 이치에 밝아야 그와 같이 노래할 수 있다. ❞

『가곡원류』의 탄생

이번에는 가장 널리 알려진 가집 『가곡원류』에 대한 이야기를 하려고 한다. 『가곡원류』가 1876년 박효관과 그의 제자 안민영이 함께 만든 가집이라는 사실은 잘 알려져 있다.

좀 더 자세히 말한다면, 박효관과 안민영 외에 거문고 명인이었던 김윤석이 합세하여 '서울의 칠송정'에서 만들었다고 한다. '칠송정'은 중인계급 시인들이 모여 한시와 가곡 등을 짓는 시단(詩壇) 활동을 하던 곳이었는데, '만리장성집'이라는 이름으로 더 널리 알려진 곳이다. 이 '만리장성집'은 현재 인왕산이 자리한 필운동 배화여고 자리 근방이었다고 한다. 대원군은 경복궁을 증축하면서 중인시인들을 위해 당시 황폐해진 '만리장성집'을 손보게 해주었는데, 바로 이곳에서 대원군의 도움으로 『가곡원류』가 완성되었다. 말하자면 대원군의 경제적 지원으로 『가곡원류』가 세상에 빛을 보게 된 것이다. 가집 한 권의 탄생이 결코 쉽지 않은 일이었음을 말해 주는 제작 경위라고 할 수 있겠다.

규모와 체제

『가곡원류』는 총 30곡의 악곡에 850여수가 수록된 규모가 큰 가집이다. 30곡이라고 했지만, 이중에는 중대엽이 포함되어 있어 이를 제외하면 23곡이다. 중대엽을 제외하고 계산한 이유는 뒤에 설명하겠지만, 몇 가지 부호만 보고서도 노래를 부를 수 있도록 한 '연음표'라는 부호가 중대엽 노랫말들에는 모두 빠져 있기 때문이다. 이때에 중대엽은 거의 부르지 않았지만, 온전한 한바탕을 다 보여주기 위해 중대엽 노랫말들도 순서에 맞추어 편집했던 것 같다. 그래서 중대엽을 빼고 보면, 현재 가곡 한바탕 24곡 중에서 '얼롱'과 '평롱'에 해당하는 곡들이 모두 '롱'이라는 한 악곡에 묶여 있는 것 외에는 모두 현행 악곡과 일치한다. 오늘날 전해지는 가곡의 완성된 모습은『가곡원류』에서 이루어졌다고 말할 수 있을 것이다.

전체적인 체제를 보면, 우선 우조와 계면조로 크게 분류했고, '가곡 한바탕' 악곡 뒤에는 '여창 한바탕'도 실려 있다. 그리고 '여창'을 수록한 가집들 중에서 '여창'이라고 분명하게 표기한 가집은『가곡원류』가 유일하다. 그 이전 가집들은 '여창'이라는 표기 없이 '가곡 한바탕' 악곡에 이어 그냥 실어 두었었다. 그런데『가곡원류』에서는 '여창질(여창차례 라는 뜻)', '여창류취(여창모음이라는 뜻)'라는 소목차를 밝혀 주어 '여창'임을 확실히 표기했던 것이다.[1]

---

1) 한편 다른 19세기 가집과의 차이로는 '대(또는 대받침)'라고 불리는 노래들을 싣고 있다는 점이다. '대(대받침)'라는 것은 '어떤 노래의 받침'이 되는 노래, 즉 어떤 노래와 짝을 이루며 불리는 노래를 말한다.『가곡원류』에는 모두 세 가지가 소개되어 있는데, '후정화와 대', '장진주와 대', '한바탕과 대'가 그것이다. 이

『가곡원류』의 특징과 발문

『가곡원류』의 특징은 이러한 전체적인 체제보다 좀 더 세부적인 내용으로 알아볼 필요가 있다. 이유는 대표 편자인 박효관이 『가곡원류』 편집을 완료하고 나서 쓴 '발문'의 기록 때문이다.

박효관은 '발문'에서 당시 사람들이 돈을 추구하며 노래하는 경향이 심해졌다고 하면서, 그 때문에 우리의 '정음(正音 올바른 소리)'이 훼손될 우려가 있어, 정음을 바로잡기 위해 『가곡원류』를 만들게 되었다고 했다. 어느 시대나 예술이 돈의 노예가 되면 타락하게 마련인데 그때도 그랬던 모양이다.

또 하나 가곡이 자꾸 '일정한 형식'으로 굳어져 유연성이 없어지는 것을 우려했다. 가곡이 본래부터 가지고 있던 창의적인 노래방식들이 사라지고 한 가지 방식만이 옳다고 고집하는 경향들이 있어, 이것 또한 가곡을 훼손한다는 것이다.

이 부분을 직접 박효관의 소리로 들어보자.

> "우조와 계면조는 본디 고착된 것이 아니고 옮겨갈 수 있으니, 우조로 계면을 삼고 계면으로 우조를 삼을 수 있다. 또 삭대엽, 농, 낙, 편도 서로 옮겨가면서 노래할 수 있으니 악보에만 집착하는 것은 옳지 않다. 여창도 여창에만 고정되지 않고 남창사설 가운데 옮겨올 수 있다. 이는 모두 그 이치에 밝아야 그와 같이 노래할 수 있다."

중 '장진주와 대'는 반드시 여창에 수록되어 있다.

세 가지를 말했는데,

첫째, 한 노래는 '우조와 계면' 어느 하나에 고정되어 있는 것이
아니며,

둘째, 어느 '한 악곡'으로만 불러야 하는 것도 아니며,

셋째, '여창 사설'이 정해져 있는 것도 아니라는 것이다.

이 말은 무언가 섬뜩함을 던져준다. 노래 이치를 연구하지 않아
창의적 해석이라고는 하나도 없이, 뜻도 모르면서 그저 배운 대로만
내뱉는 앵무새 소리를 지적한 것이기 때문이다. 마치 오늘 우리의
가곡이 가고 있는 길을 박효관은 예언하고 있는 것 같다. 그래서 이
말을 볼 때마다 노래 앞에 겸손할 수 밖에 없다. 『가곡원류』의 발문
은 끝이 없는 배움과 연구하는 정신을 일깨워 준다.

성악악보 연음표

박효관과 안민영은 『가곡원류』의 모든 노래 가사에 이치에 맞는
자기들 나름대로의 합당한 해석을 시도했다. 그것이 바로 『가곡원
류』 노랫말들에 그려진 '연음표'라는 여러 성악부호들이다. 노래 가
사 가사마다 어떻게 불러야 하는지 일일이 여러 가지 연음표들로,
때로 장단을 때로 선율을 구체적으로 그려 넣었던 것이다. 그래서
『가곡원류』는 지금까지 존재했던 수많은 가집들과는 달리 가객 박
효관과 안민영이 음악적으로 옳고 아름답다고 판단한 성악악보로

탄생되었다. 우리 음악사에서 유일한 성악악보가 된 것이다.

『가곡원류』를 볼 때마다 이 두 가객이 가장 훌륭한 표현을 얻기 위해 노래 한 곡 한 곡을 수 없이 거듭 부르며 악보를 그려 나갔던 그 정열적인 모습이 떠오른다. 훌륭한 음악가들의 그 열정이 오늘이 아름다운 가곡을 물려 주었다.

『교방가요(教坊歌謠)』

- 창화, 가곡실연도, 정재창사 -

“우리 '삶과 역사'란 단번에 혁명으로 이루어질 수 없는 것이라고 생각한다. '온건 개화'의 길을 걷던 정현석이 오랜 전통을 가진 '교방의 음악'을 정리하고, '가곡'을 중시했던 사실은 오늘 우리에게 어떻게 살아야하는가를 가르쳐주는 듯하다. ”

귀중한 세 가지 정보

『교방가요』는 고종9년인 1872년 진주목사를 지낸 '정현석'이 직접 기획해서 만든 진주관아 소속 교방의 음악들을 정리한 책이다. 그래서 엄격한 의미에서의 순수 가집은 아니다. 그러나 『교방가요』는 책의 절반 이상을 노래에 집중시키고 있고, 나머지 부분도 노래가 중심이 되는 경우가 많아 '가집'이라고 봐도 손색이 없다. 뿐만 아니라, 여기에는 다른 문헌에서 볼 수 없는 귀중한 정보들이 들어 있어 꼭 소개하고 싶다.

『교방가요』 전체를 보면 앞의 절반은 '가곡과 가사'만을 정리하였고, 나머지 절반은 '악기와 춤곡들', '매화점장단'을 비롯한 가곡 연주에 필요한 것들, 그리고 '여러 정재들'을 소개하고 있다.

들려주고 싶은 이야기는 많지만, 가곡과 관련해서 『교방가요』에서만 만날 수 있는 유일한 정보 세 가지만 이야기하도록 하겠다.

❶ 가곡 한바탕

먼저 가곡 한바탕에 대한 기록이다. 『교방가요』에는 '가곡 한바탕'을 악곡 순서에 맞추어 노래 가사를 다 보여주고 있다. 마지막의 〈태평가〉까지 온전하게 갖추었다. 그리고 이 순서는 오늘날 우리가 부르는 '한바탕'과 똑같다. 현행 가곡 한바탕의 모습은 이미 고종 때에 확립되어 있었던 것이다. 만약 『교방가요』가 없었다면 조선시대 가곡 한바탕의 실례를 만나볼 수 없었을 것이다.

그런데 지금 우리가 가곡 한바탕을 '남창과 여창'의 교대창으로 부르는 것을, 『교방가요』에서는 '창(唱)(남창)과 화(和)(여창)'라고 기록하고 있다.

'창(唱)'은 우리가 흔히 '노래 창'이라고 하는데, 자전을 찾아보면 '창'은 '먼저 노래를 부름'이라는 뜻으로 기록되어 있다. 그래서 '창화(唱和)'라고 하면 '저 사람이 부르고 이 사람이 답한다'라는 뜻이라고 설명되어 있다. 가곡 한바탕을 오늘날은 꼭 '남녀 교대창'으로만 알고 있는데, 『교방가요』는 남녀라는 성별 용어 없이 '창과 화' 곧 '먼저 부르고 화답하는 형식'으로 되어 있다.

❷ 가곡 실연도

두 번째는 가곡을 부를 때의 '악기와 가객'의 모습을 그림(사실화)으로 그려 놓고, 그 위에 글로 분명히 밝혀 놓았다. 오늘날 사진과 같은 역할을 하는 것이다. 그림과 글로 설명된 배치도를 보면 가운데 가기(歌妓)가 둘씩 떨어져 앉아 있고, 이 네 가객을 둘러싸는 형태로 한쪽으로는 거문고1, 철사금1, 그리고 다른 쪽으로는 세피리2, 대금1, 해금1, 장고1이 배치된다. 조선 시대 어떤 모습으로 '가객과 악기'가 배치되었는지를 보여주는 단 한 장밖에 없는 소중한 자료이다.

그런데 여기에 가기(歌妓) 4명이 둘씩 떨어져 앉아 있고, 그 위에 가기(歌妓)2·가기(歌妓)2라고 따로따로 기록해 놓은 것은 매우 중

요한 사실을 알려준다. 만약 이들 가기들이 한 가지 역할(즉 여창)
만 했다면 둘씩 떨어져 앉아 있지도 않을 테고 또 '가기2 · 가기2' 이
렇게 두 번씩 기록할 필요 없이 그냥 가기4라고 기록하면 됐을 것이
다. 가기2 · 가기2 라는 기록과 둘씩 따로 그린 그림은 이들이 앞에
서 말한 '창과 화'를 다 했다는 것을 말한다. 가기들이 오늘날 우리
가 남창과 여창이라고 말하는 것을 다 했다는 뜻이다. 확실히 조선
시대는 지금보다 가곡연창법이 열려 있었던 것을 알 수 있다.

❸ 정재의 창사를 '가곡'으로

세 번째는 '포구락', '무고', '육화대', '선유락' 들의 정재들이 자세
히 기록되어 있는데, 그 가운데는 정재창사가 '가곡'으로 된 것들이
들어있다는 것이다.

'선유락' 정재는 '닷드자 배떠나니 이제 가면 언제 오나'로 시작되
는 창사가 '계면 중거'로 되어 있다. 또 '헌반도(헌선도)'는 다른 문헌
에는 한시였던 것이 여기서는 "요지에 봄이 오니 벽도화 퓌단 말라"
로 시작되는 창사가 '계면 농가'로 되어 있다.

또 편자인 정현석이 직접 지휘해서 만든 것으로 알려진 진주의
의기(義妓) 논개를 기리기 위해 만든 '의암별제가무'의 창사는 전곡
모두를 '가곡과 가사' 악곡을 쓰도록 만들었다.

『교방가요』는 정재조차도 '가곡'으로 바뀌어갈 만큼, 가곡이 조선
후기로 갈수록 그 쓰임이 넓어지고 위상이 높아져 갔음을 다른 어떤
가집보다 잘 보여주고 있다.

정현석이라는 인물

정현석은 50세 되던 해에 진주목에 속한 삼가현의 현감으로 부임하고 이어서 진주목사로 승진해서 계속 진주에 머물게 된다. 바로 이 때 진주의 병사(兵使 병마절도사)와 의논하여 논개를 추모하는 사당을 중수(고침)하고, 자신은 '의암별제가무'를 진두지휘하여 만들어 논개를 추모하는 진주만의 지방정재를 만들었다.

이렇게 진주를 위해 애정을 갖게 된 것은 그가 진주에서 '현감과 목사'를 연임하게 되면서였던 것 같다. 그러나 이보다 더 중요한 요인은 정현석이 부임하기 수년 전에 있었던 '진주 민란', 그리고 진주 부임 직전 전국을 뒤숭숭하게 했던 병인양요(프랑스군의 침입 사건, 1866)로 아마 '관(官)'과 관민(官民 백성)'들의 결속이 필요하다고 여겼기 때문인 듯하다.

이렇게 생각하는 이유는 그가 '온건 개화관료'라는 사실 때문이다. 정현석은 쇄국정책을 쓰던 대원군이 물러나자마자, 서울로 불려 올려가 개화를 시도하는 고종 곁에서 10년간 내직으로 근무했다. 그리고 이후 함경도 덕원(지금의 원산)부사로 발령 받았을 때, 그곳에서 '원산학사'라는 우리나라 최초의 근대학교를 설립하는 일을 했다. 국제 정세의 흐름 그리고 그 속에서 조선이 가야할 길을 읽어내는 정현석의 안목을 잘 알 수 있게 하는 관직 생활이었던 것이다.

바로 이런 인물 '정현석'이 진주지방 관아 음악을 정리할 필요성을 깨닫고 『교방가요』를 만들었으며, 이 『교방가요』 안에 '가곡'은 가장 중요한 자리에, 가장 중요한 노래로, 가장 세밀히 다루어졌던 것이다.

우리 '삶과 역사'란 단번에 혁명으로 이루어질 수 없는 것이라고 생각한다. '온건 개화'의 길을 걷던 정현석이 오랜 전통을 가진 '교방의 음악'을 정리하고, 가곡을 중시했던 사실은 오늘 우리에게 어떻게 살아야 하는가를 가르쳐주는 듯하다.

할 수만 있다면, 정현석을 초대해서 오늘 우리 현실을 바라보는 그분의 생각을 직접 듣고 싶은 마음이다.

『여창가요록(女唱歌謠錄)』

- 여창만 편집해 놓은 가집 -

『여창가요록』은 오히려 지방에서만 발견될 만큼, 『가곡원류』와는 달리 독자적이었다. 그만큼 지방에서 필요로 하는 여창 수요가 얼마나 많았나를 알 수 있다. 『여창가요록』은 지방의 수많은 명가기(名歌妓)들이 자신들의 필요를 위해 가집을 만들었던 사실을 알게 해준다.

여창악곡과 노랫말

이번에는 여창만으로 편집한 가집을 소개하려고 한다. 19세기 들어서면서 가집들은 '가곡 한바탕 노래가사 모음'이 끝난 뒷부분에 '여창'을 따로 수록하기 시작한다. 『(육당본)청구영언』·『흥비부』·『가곡원류』 같은 가집들 뒤에 '여창'이 수록되어 있다.

그런데 이번에 소개하는 가집은 순전히 '여창'악곡과 노랫말로만 편집된 가집이다.

남아있는 이본들

현재 『여창가요록』은 서울대 도서관에 '도남본(도남 조윤제)', '가람본(가람 이병기)', '이혜구 선생 소장본', 그리고 '일본 동경대 동양문고 소장본'의 4가지가 있다. '이대본'이 있었다고 하는데 현재는 분실되어 확인이 불가능하다. 그리고 서울대 도서관의 '도남본'과 '가람본'은 일본 동경대 '동양문고본'을 재필사한 것이다. 그래서 원본으로 보자면 현재 '동양문고본'과 '이혜구본'만 남아 있다.

우리의 귀한 서책들이 다른 나라로 흘러들어가 쉽게 만나볼 수 없는 것은 안타까운 일이다. 하지만 동시에 나라 잃은 힘든 상황 속에서도 애써 필사자들을 구해 귀한 자료들을 재필사로 남겨 놓은 분들, 도남 조윤제, 가람 이병기 선생(국문학자들) 같은 분들 때문에 그동안 재필사 된 가집들이나마 볼 수 있었던 것은 다행이 아닐 수 없다. 우리들도 이 시대 우리 몫을 해내야 하겠다는 생각이 든다.

『여창가요록』과 『가곡원류』

흔히 우리들은 『여창가요록』을 『가곡원류』 뒷부분의 '여창'이 떨어져 나와 별도로 독립된 가집이 되었다고 알고 있다. 그도 그럴 것이 그 여창악곡과 여창사설들은 『가곡원류』의 여창과 거의 비슷하기 때문이다.

그러나 이런 유사성은 같은 시기에 만들어진 가집이기 때문에 생긴 일치이지, 『가곡원류』의 일부가 떨어져 나왔다고 볼 수는 없을 것 같다. 그 이유는 『여창가요록』만이 가지는 몇 가지 특징 때문이다.

❶ 여창사설 표기 문자

제일 먼저 사설을 기록하는 문자가 서로 다르다. 『가곡원류』 여창은 한글과 한자를 혼용해서 사용하고 있다. 그러나 『여창가요록』은 모든 사설이 '순한글 표기형태'를 취하고 있다. 두 가집은 한글과 한자 사용자의 문제와 관련되어 있는 것이다.

❷ 여창 악곡의 이름

다음으로 여창 악곡명이 서로 다르다. 『가곡원류』여창은 이삭대엽, 평거, 중거, 두거, 반엽 등의 한자식 이름을 그대로 사용한다. 그러나 『여창가요록』은 이삭대엽을 누르는 자진한입, 중거를 중허리드는 자진한입, 평거를 막내는 자진한입, 두거를 존 자진한입, 반엽을 밤엿 자진한입, 편수대엽을 편 자진한입, 이렇게 순우리말식 이름을 사용한다. 역시 한글과 한자 사용자의 문제와 관련이 있다.

❸ 연음표

세 번째로는 선율과 박자를 나타내는 '연음표'라는 성악부호의 사용 정도가 다르다. 『가곡원류』여창은 모두 '연음표'를 그려 넣지는 않았다. 15개나 되는 『가곡원류』이본들 중에서 세 개의 이본(국악원본, 협률대성, 하합본) 여창에만 연음표가 있다. 그러나 『여창가요록』은 모두 연음표가 있다. 그만큼 『가곡원류』가 그 자체로 소장적 가치를 지니고 있다면, 『여창가요록』은 직접 연주에 사용할 목적으로 만들어진 가집이었다.

❹ 사용자 여성

네 번째로는 이 가집을 만들고 사용한 사람은 여성 창자라는 사실이다. 『가곡원류』가 박효관·안민영이 만들었고, 이후 여러 남성들이 재필사 하면서 소장해 왔다는 것은 잘 알려져 있다. 그와 달리 『여창가요록』은 여성이 필사하고 사용해 왔던 것이다.

'이혜구 소장본'은 가집 말미에 '계미뉵월망간셔징 진쥬명기'라고 기록되어 있다. 계미는 1883년이다. 이 책은 스스로 '진주 명기'라고 밝힌 기생이 필사하고 사용하던 가집이다.

'동양문고본'은 누가 만들었는지 모르지만, 글씨체를 보면 매우 유려한 여성필체임을 금방 알 수 있어, 여성창자가 직접 만들고 사용했다는 것을 말해준다.[1)]

사설과 악곡 이름들이 '한자'가 아닌 '순한글'로 표기된 것도, 바로 여성들의 가집이었기 때문인 것이다.

❺ 지방의 가집

또 한 가지 중요한 것은 이들 가집은 모두 지방에서 사용되던 것들이라는 사실이다. '이혜구 소장본'은 경상도 진주에서, '동양문고본'은 경기도 설봉에서 사용되었다. 잘 알려진 바와 같이 『가곡원류』도 지방으로 확산되었지만, 그것은 극소수에 해당한다. 예를 들어 강릉의 『협률대성』 정도이다. 그런데 『여창가요록』은 오히려 지방에서만 발견될 만큼, 『가곡원류』와는 달리 독자적이었다. 그만큼 지방에서 필요로 하는 여창 수요가 얼마나 많았나를 알 수 있다.

『여창가요록』은 지방의 수많은 명가기(名歌妓)들이 자신들의 필요를 위해 가집을 만들었던 사실을 알게 해준다.

---

1) 20세기 초에 만들어진 『시가요곡』이라는 가집은 '하금화(河錦花)'라는 이름의 기생이 편집한 가집이고, 1920년대의 『가곡보감』은 평양권번에서 만든 활자본 가집으로 모두 여성이 만들거나 여성을 위한 가집들이다. 『여창가요록』은 이들 가집보다 먼저 여성의 손으로, 여성의 필요를 위해 만들어진 가집인 것이다.

『금옥총부(金玉叢部)』

- 개인 창작 가집 -

　　　　　66 『금옥총부』가 개인 가곡집이지만 참 완벽한 편집을 갖춘 가집이라고
　　　해놨는데, 이름 또한 완벽하다. 그리고 이름에 걸맞게 창작품 180수는
　　　어느 한 악곡에 치우침 없이, 가곡 한바탕 모든 악곡에 균형 있게
　　　나뉘어 배치되어 있다. 99

안민영의 개인 창작 가집

　이번에는 한 개인이 자신의 작품만으로 만든 '창작 가곡집'을 소개하려고 한다. 바로 안민영의 『금옥총부』라는 가집이다. 『금옥총부』는 무려 180수나 되는 안민영의 작품만으로 만들어진 가집이다. 일반적으로 시조창 가집들은 대개 100수 내외의 작품들로 되어 있다. 그런 시조창 가집들과 비교해 보면, 개인의 창작 가곡이 180수나 된다는 것이 얼마나 큰 작품집인지를 짐작할 수 있다.

　이렇게 큰 개인 창작집을 만든 안민영은 가객 박효관의 제자이다. 그리고 스승 박효관과 함께 『가곡원류』를 완성했다. 『금옥총부』는 『가곡원류』를 세상에 내놓은 후, 9년 뒤인 1885년에 완성했다. 아마도 『가곡원류』라는 어마어마한 대가집을 엮어낸 경험이 있었기에, 오랫동안 창작해온 자신의 작품들을 묶어낼 수 있었던 것으로 보인다.

완벽한 편집

　『금옥총부』는 한 개인의 창작 가곡집이라는 사실만으로도 중요하게 기억되어야 하지만, 거기에다가 우리나라 가집사에서 개인 가집으로는 드물게 '완벽하다'고 말할 만한 '편집 장점'들을 많이 가지고 있는 가집이다. 눈에 띄는 몇 가지를 소개해보겠다.

❶ 180수는 모두 악곡별로 분류

안민영은 자신이 평생 지은 작품들을 초삭대엽부터 언편까지 가곡 22 악곡에 맞추어 분류했다. 한 개인의 180수 작품으로 가곡 한 바탕 전(全) 악곡의 구성을 너끈히 해낸 것은 『금옥총부』가 유일하다. 실로 대단한 작가이다.

❷ 가집 앞에 붙인 음악 이론들

그런가하면 본격적인 작품 시작에 앞서 가곡에 관련된 여러 음악 이론들을 책의 앞부분에 완벽하게 편집해 놓았다. 예를 들면 송나라 오증(吳曾)이라는 사람이 쓴 『능개재만록』에 들어있는 '가곡의 원류를 논한 글(가곡원류 歌曲源流)', '곡조를 논한 글(논곡지음 論曲之音)'을 노래에 관한 이론으로 제일 먼저 실었다. 그리고 그 다음으로 '오음(五音)에 관해 논한 글', '평조, 우조, 계면조를 설명한 글', '가곡의 15가지 풍도를 설명한 글' 등을 실었다. 대개 이런 음악 관련 기록은 역대 작품들을 수집해서 만드는 특별한 대가집의 경우, 예를 들면 『가곡원류』 같은 큰 가집에서나 싣는 음악 이론들이다. 그런데 안민영은 자기 개인 작품집에다 이런 이론들을 구비했던 것이다. 그것도 부족했던지 당시 '선생'이라는 최고의 칭호를 듣고 있는 스승 박효관의 서문도 받아서 실었다. 그리고 자신이 쓴 서문을 넣는 것도 잊지 않았다. 이쯤 되면 가집으로서는 거의 완벽하다 할 만하다. 가곡에 관한 안민영의 열정을 느끼게 하는 편집이다.

❸ 창작기(創作記)가 달린 작품집

그런데 이런 섬세한 편집보다 더 돋보이는 점은 180수 모든 작품마다 그 작품들을 어떤 연유로 짓게 되었는지 그 '창작기(創作記)'를 모두 달아 놓았다는 것이다. 이렇게 창작기를 달아 놓은 경우는 어떤 가집에서도 유례가 없었다.

예를 들자면, 이 작품은 '스승과 또 몇몇 사람이 스승의 풍류방인 필운산방에 모여 매화를 감상하며 지었다' 또는 '대원군 어른과 이러저러한 음악인들이 운현궁 사랑에 모여 연주회를 가졌을 때 지었다' 또는 '대원군 어른의 부인께서 회갑일이 되어 기념으로 지었다'처럼 되어 있다. 그리고 그 기록들에는 날짜, 사람 이름, 장소, 사건 등이 소상하게 기록 되어있다.

옛 가곡 작품들을 보면, 이 작품은 누가 무슨 연유로 지었을까 종종 궁금한데,『금옥총부』에 들어 있는 안민영의 작품들은 그런 궁금증과 갈증을 모두 다 확실하게 풀어준다.『금옥총부』는 안민영의 행적 뿐 아니라 안민영 곁에 있었던 수많은 사람들, 특히 풍류객들과 음악가들의 활동을 자세하게 보여준다. 그 사례들은 너무 많아서, 마치 그 시절 사람들이 가곡을 즐기던 모습을 남기려고 안민영이 일부러 의도한 것은 아닌가 하는 생각이 들 정도다. 안민영은 매일매일 '가곡 작품'과 '창작기'로 된 일기를 쓰고, 그 독특한 일기로 개인 창작가곡집을 엮어낸 것 같이 여겨진다.

『금옥총부』라는 뜻

『금옥총부』의 뜻은 '금옥'과 '총부'로 나누어 보면 쉽게 풀린다. 우선 금옥(金玉)은 두 가지 뜻을 가지고 있다.

하나는 '금(황금)과 옥(구술)처럼 귀한 것'이라는 뜻이고, 다른 하나는 악기를 말하는 것이다. '금'은 '종(鐘)'이란 악기, 그리고 '옥'은 '경(磬)'이란 악기를 가리킨다. 팔음(八音)을 합주할 때, 먼저 종을 쳐서 시작하고 마지막에 경을 친다. 그래서 '금옥'이라 하면, 처음과 끝 곧 '사물을 집대성하는 것'을 뜻한다.

그리고 '총부(叢部)'는 한자어 모일 총, 분류 부이니 모두 모았다는 뜻이다. 합해서 『금옥총부』라고 하면, '음악을 집대성해서 모은 것'이라는 뜻이다. 『금옥총부』가 개인 가곡집이지만 참 완벽한 편집을 갖춘 가집이라고 했는데, 이름 또한 완벽하다. 그리고 이름에 걸맞게 창작품 180수는 어느 한 악곡에 치우침 없이, 가곡 한바탕 모든 악곡에 균형 있게 나뉘어 배치되어 있다.

한바탕이라는 것

악곡 이야기가 나왔으니 『금옥총부』가 보여주는 중요한 악곡 이야기를 하겠다. 가곡에서 한바탕이라고 하면, 24악곡을 모두 부르는 것을 말한다. 그런데 『금옥총부』에 보면 특정 행사나 연주회 때 불렀던 곡들은 언제나 한바탕 전곡이었던 것이 아니고, 오히려 몇몇

소수의 악곡들로 짜여진 경우가 대부분이다.

예를 들어 세자 탄일을 축하하는 가곡은 8수인데, '(우조)초삭, 이삭, 중거, 평거, 두거, 삼삭, 소용 그리고 얼편'으로 짜여져 있다. 바로 이런 순서로 불렀음이 '창작기'에 씌여 있다. 그런가 하면 대원군 회갑축하 가곡은 3수인데, '우조 초삭, 이삭, 평거'로 짜여져 있다. 대원군 부인의 회갑축하 가곡은 역시 3수인데, '우조 두거, 편삭, 편삭'으로 다르게 짜여져 있다. 그런가하면 대원군이 그린 난초를 노래한 가곡은 3수인데, '우조 초삭, 삼삭, 얼편'으로 짜여져 있다.

이처럼 연주 상황마다 악곡을 짜는 방법이 다양했다. 오히려 한바탕 전곡 연주사례는 거의 발견되지 않는다.[1] 당시 연주방식은 '약식의 한바탕'이라고 말할 수 있을 것 같다. 그 다양한 악곡구성은 오늘날 크고 작은 여러 종류의 무대에서 어떻게 한바탕을 짜야하는지 그 모델을 보여주는 것이다.

풍류객과 음악 예인들

『금옥총부』는 여러 가곡 연주에서 불려졌던 노래 모음집이다. 그래서 '창작기'를 읽어보면 당시 풍류객들의 면모를 볼 수 있다.

제일 큰 풍류 좌상객은 흥선대원군이었다. 흥선대원군은 가곡을 좋아해서 가객, 가기, 악공들을 불러 음악을 듣고는, 이대로 이들 음

---

1) 단 하나 금향선의 예.

악인들과 영원히 함께 하고 싶다며 눈물을 흘리기까지 했다고 『금옥총부』는 기록하고 있다.

대원군의 큰 아들(고종은 둘째 아들) 이재면도 중요한 풍류 좌상객이었다. 그가 가곡 음악인들에게 지원한 각종 후원은 대단한 것이었다. 이재면의 '가곡 감식안'은 대단히 높았다고 안민영은 전해 주고 있다.

그 외에 중인 풍류객들로, 노래를 잘 하거나 거문고, 대금, 퉁소 같은 악기를 잘 연주했던 명인들의 이름도 여럿 등장한다. 이들 최고 음악가들이 모인 음악회를 기록한 '창작기' 부분에서는 안민영의 격양된 열정이 느껴진다.

풍류객 뿐 아니라, 노래하고 악기를 연주했던 기녀와 악공들의 연주 모습도 많이 보인다. 『금옥총부』에는 기녀가 무려 43명이나 등장한다. 대단한 숫자인데, 안민영이 이들 기녀들을 기록하는 방식은 대개 '기녀들의 특기가 무엇인가'를 말하는데 있다. 예를 들어 노래를 잘 한다든지, 춤을 잘 춘다든지, 글을 잘 쓴다든지 하는 것이다. 그래서 아름답지만 노래나 춤 같은 예술적 재능이 없을 때, 안민영은 한없이 아쉬움을 표현한다. 그래서 『금옥총부』에 나오는 기녀 대부분은 궁중 진연이 있을 때마다 여러 번 정재 공연을 했던 일급 기녀들이 대부분이다. 그야말로 예기(藝妓) 중에 예기만이 안민영과 함께 연주회를 가졌던 것이다.

그런가 하면 함께 연주했던 악공들도 하나 하나 기록해 놓고 있다. 고종 때 유명한 대금주자 정약대라든지, 피리주자 천흥손, 해금주자 박용근 등이 가곡반주를 하는 현장도 자세히 기록해 놓고 있다. 그런데 이들은 모두 서울 오군영에 소속된 세악수였다고 한다. 조선후기에 가곡의 명반주자는 대개 세악수들이었다고 전해지는데, 『금옥총부』의 가곡반주인들도 역시 세악수들이었다.

　　『금옥총부』는 고종 때 가곡 연주회 현장을 실감나게 만나볼 수 있는 좋은 가집이다. 『금옥총부』를 읽다보면, 어느새 그 당시 연주회 안에 들어있는 것 같은 기분 좋은 느낌을 갖게 된다.

『풍 아(風雅)』

— 창작 시기에 따라 배열한 최대 개인가집(시조집) —

66 전체로 본다면 26세 사신으로 중국 방문을 하면서부터 시조를 짓기 시작해서, 노년기에 이르기까지 생애 다단한 모든 경험들을 마치 일기 쓰듯 시조작품을 남겼던 것이다. 이세보에게 있어서 시조는 그대로 '그의 생활'이었다고 말할 수 있다. 이처럼 개인 창작품을 창작 시기에 따라 배열한 경우는 『풍아』가 유일한 가집이다. 99

최대 개인 가집

이번에는 개인 단독 가집으로는 가장 큰 창작집인『풍아』를 소개하겠다.『풍아』는 19세기 왕족사대부였던 이세보의 가집이다. 이『풍아』에는 이세보 작품이 무려 422수나 수록되어 있다. 그리고 종장 끝 구절('하리라', '허노라' 등)이 모두 생략되어 있는 시조창 작품들이다.

유일한 목판본 가집이면서 시조창 가집이었던『남훈태평가』와 이세보의『풍아』는 같은 시기에 만들어졌다. 그런데 목판본으로 찍은『남훈태평가』가 모은 작품들이 모두 224수였으니, 422수『풍아』는 그 배가 된다. '개인 작품집'이 '상업용 인쇄본 가집'의 두 배라니, 얼마나 큰 가집인지 짐작할 수 있다.

『풍아』의 발굴 및 체제

『풍아』는 단국대 국문과 진동혁 교수에 의해 1980년에 처음 세상에 알려졌다. 발굴 당시 모두 세 권이었다.『풍아』라는 이름의 큰 것, 작은 것 두 권, 그리고『시가(詩歌)』라는 이름의 한 권. 진동혁 교수는 이들 세권을 비교해 보고, 제일 큰『풍아』시조집은 나머지

두 권, 즉 작은 『풍아』와 『시가』를 합해서 만들어졌음을 밝혀냈다. 말하자면 이세보는 평상시 창작품 두 권을 가지고 있었는데, 이것을 하나로 재편집해서 최종본인 큰 『풍아』를 만든 것이다.

그래서인지 『풍아』는 어떤 시조창 가집에서도 볼 수 없는 체계로 짜여져 있다. 대개 시조창 가집들은 어떤 경우든 작품들을 수록할 때, 특별한 분류를 하지 않는다. 그에 비해 가곡창 가집들은 지금까지 살펴본 여러 가집들처럼 반드시 '악곡별' 또는 '주제별' 분류를 하고 있어 비교가 된다.

이세보의 『풍아』도 얼핏 보기에는 일반 시조창 가집들처럼 무작위로 작품을 실어놓은 것 같아 보이지만, 한편 한편 읽어보면 '창작 순서'에 따라 배열했음을 알 수 있다.

작품 수록 순서

우선 제일 앞부분은 이세보가 26세 되던 해 중국 청나라에 다녀오면서 경험한 여러 견문(見聞)을 노래한 13수 시조로 시작된다.

이어서 아버지가 순창군수를 지낼 때, 장남이었던 이세보가 그곳에서 펼쳤던 풍류 경험을 노래한다. 순창 8경(八景)이라든지, 송광사 3일 풍류, 그리고 그곳에서의 사랑 노래들이(무려 70여수) 이어진다.

다시 29세 때는 신지도(新智島)로 4년간 유배간 일이 있는데, 그

때의 유배경험(50여수)이 이어진다.

유배가 끝난 후에는 마음을 수습하기 위해 여러 곳 유람을 떠나는데, 그 유람 경험(50여수)이 그 뒤를 잇고 있다.

그 후 경기도 여주와 황해도 개경의 수령으로 근무했는데, 그때 지방관으로써의 경험(60여수)이 다시 창작된다.

마지막은 이후 노년기에 접어들면서 늙어감, 취흥, 애정 같은 것을 읊은 작품(50여수)이 가집 끝부분을 장식한다.

전체로 본다면 26세 사신으로 중국 방문을 하면서부터 시조를 짓기 시작해서, 노년기에 이르기까지 생애 다단한 모든 경험들을 마치 일기(日記) 쓰듯 시조작품을 남겼던 것이다. 이세보에게 있어서 시조는 그대로 '그의 생활'이었다고 말할 수 있다. 이처럼 개인 창작품을 창작 시기에 따라 배열한 경우는 『풍아』가 유일한 가집이다.

왕족 이세보

이쯤 되면 이세보라는 인물이 궁금해진다. 앞에서 왕족이라고 했는데, 바로 흥선대원군(고종의 아버지)이 그의 육촌형이다. 이세보는 이러한 왕족 신분에 따라 20세에 '경평군'에 봉해진다.

그 후 20대 초중반을 순창군수를 지낸 아버지의 임지에 내려가 보내게 되는데, 그곳에서 7,8년간 풍류를 즐기게 된다. 당시 어찌나 풍류에 빠졌던지 '여염부녀자'도 자기를 알아볼 정도였다고 고백한다. 그때의 풍류는 고스란히 수십 편 시조로 남겨졌다.

그 후 26세 때 '동지사은사'라는 청 방문 사신이 되어 중국 견문을 넓히게 되고, 이 역시 시조로 담아낸다. 그러던 중 29세 때에 당시 세도가였던 안동 김씨 일파의 전횡을 논하다가, 안동 김씨 세력의 왕족 견제책에 의해 신지도로 유배된다. 이 4년간의 고통스런 유배 경험을 이세보는 〈신도일록〉이라는 일기로 남겼다. 그리고 철종 임금이 승하하고 고종이 등극하면서 흥선대원군이 실권을 갖게 되자, 제일 먼저 유배에서 풀려나게 된다. 이후 그의 삶은 여러 요직을 거치면서, 자신이 좋아하는 풍류와 함께 하는 비교적 평탄한 삶을 살게 된다.

여주 목사와 개성부 유수를 거쳐 한양에서 여러 부서의 참판, 판서, 그리고 한성부 판윤(오늘날의 서울시장)에 이르기까지 주요 관직들을 두루 맡으며 노년을 맞는다.

기록에 의하면 그는 단신의 체구에 병약했지만, 술과 풍류를 좋아했다고 한다.

이런 그가 자신의 평생 기록이자 창작품인 400여 수의 시조창 가집의 제목을 『풍아』라고 했다. 『풍아』란 본래 시경의 '풍'과 '아'라는 편명을 말한다. 그래서 '풍아'라고 하면 일반적으로 '시(詩)'를 뜻하는 말로도 사용된다. 이세보는 자신의 일생동안 시집을 만들면서, 바로 조선시대 시를 뜻하는 말로 널리 사용된 이 '풍아'라는 말을 시조집 제목으로 삼았던 것이다.

『풍아』 작품은 여러 면에서 제일

『풍아』가 가장 많은 작품을 가진 개인 시조집이다 보니, 자연히 여러 방면에서 '제일(가장, 으뜸)'인 것이 많다. 몇 가지만 소개하면, 애정시조가 104수가 되는데, 이는 개인이 지은 것으로는 유례를 찾을 수 없는 사실이다. 더욱이 왕족 사대부가 지었으니 더더욱 특별하다.

그런가하면 유배 체험을 시조(78수)로 남긴 것으로도 유일하다.

또 지방관의 위치에서 관리들에 대한 비판과 훈계, 백성들의 어려움을 시조에서 본격적으로 담아낸 것(61수) 역시 유례를 찾을 수 없는 일이다.

뿐만 아니라 매달 절기와 행사를 가지고 시조를 짓기도 했다. 말하자면 '월령체 시조'인데, 이 역시 최초이자 유일한 사례이다.

이러한 사실만으로도 『풍아』가 갖는 의의는 넉넉하다고 생각된다.

『풍아』와 진동혁 교수

『풍아』는 현재 아주 유려한 궁체(宮體) 글씨로 깨끗하게 편집되고 보관 상태도 다른 어떤 가집보다 좋은 형태로 남아있다. 처음 『풍아』를 소개한 진동혁 교수는 이 대형 시조집을 발견하고, 그 작가가 왕족 이세보라는 사실을 밝힌 후, 그 기쁨을 『풍아』 연구로 이어가서 박사학위까지 받았다. 그리고도 계속해서 『풍아』의 주석본

과 영인본을 함께 출판해서 오늘날 우리들도 『풍아』를 쉽게 만나볼
수 있도록 했다. 진동혁 교수는 이미 오랫동안 새로운 가집을 발굴
해서 학계에 소개하는 일에 힘을 기울여 왔는데, 『풍아』의 발굴과
연구에서도 이러한 열정이 느껴진다.

『승평곡(昇平曲)』

- 가장 작은 가집 -

> 『승평곡』 자체는 하나의 가곡 연주회 팜플렛이었던 것이다. 조선 가곡 발표회 팜플렛으로는 유일한 자료이다.

가장 작은 가집

이번에 소개하려는 가집은 『승평곡』이다. 『승평곡』은 2002년 8월 '가객 박효관'을 기념해서, 국립국악원에서 열렸던 학술대회에서 경북대 이동복 교수에 의해 처음 소개된 가집이다.[1]

이제까지는 주로 조선시대 큰 가집들을 소개해 왔는데, 『승평곡』은 정반대로 지금까지 발굴된 가집 중에서 가장 작은 가집으로 모두 12수 밖에 되지 않는 가집이다. 그러나 이 작은 가집은 12수 작품 목록 뒤에 자세한 '후서(後序 지금으로 말하면 작품후기)'까지 달려 있다. 그 후서를 보면 『승평곡』은 박효관의 제자인 안민영이 만든 가집인 것을 알 수 있다.

다시 말해서 『승평곡』은 안민영의 친필로 된, 안민영의 개인 작품집이다. 이동복 교수에 의하면 『승평곡』에는 4종류의 낙관이 찍혀 있는데, 이것들은 안민영의 것으로 짐작된다고 한다.

---

1) 2002년 8월의 이달의 문화인물 박효관의 달 기념 국악학 학술회의, 가객 박효관의 통해 본 조선시대 정가시대, 2002년 8월 30일.

'승평계'와 '노인계'

『승평곡』이라는 이름에서 '승평'은 곧 태평을 뜻하고, '곡'은 곡조, 음악의 뜻이니 '승평곡'이란 태평세월을 노래함이라는 의미가 된다. 그러나 이런 사전적인 뜻보다 중요한 것은, '승평계'라는 풍류가단에서 축하연주회를 위해 만든 가집이라는 사실이다. 『승평곡』의 1면에 '승평계 하축(昇平契 賀祝 승평계를 축하함)'이라고 쓰여 있어 이러한 사실을 알 수 있다.

이 '승평계' 외에도, 당시 '노인계'가 있었다고 한다. 두 풍류가단의 우두머리는 모두 박효관 선생이었고, 제자인 안민영은 스승을 도와 이 가단에서 중요한 역할을 했던 것 같다. 『금옥총부』에 두 가단의 이야기가 간단하게 언급되어 있다.

이 중에서 '승평계'가 어떤 풍류가단인지가 『승평곡』을 통해 비로소 구체적으로 알려지게 된 것이다. 특히 '승평계' 계원들, 곧 '승평계 구성원'들은 실제로 어떤 인물들로 이루어졌는지 그 이름들까지 소상하게 밝혀지게 되었다.

'승평계'는 10단계의 계원들로 구성되어 있다. 안민영이 소개한 그대로 하나씩 살펴보면, 우선 '풍류주인 곧 풍류 우두머리'는 박효관과 안민영이다. 그 '아래격의 풍류주인'들에 박한영, 손덕중, 김낙진, 강종희, 백원규, 이제영, 정석환, 최진태, 장갑복 들이 있었다.

'가객 명인(名歌)'들로 최수복, 황자안, 김계천, 송원석, 하준곤, 김홍석이 계원이었다. 이 중에서 최수복, 하준곤은 이미 근세 가객 계보에서 자주 언급되었던 익숙한 인물들이다.

'거문고 명인(名琴)'에는 오기여, 안경지, 황용경, 강경인, 김군중,
'통소 명인(名簫)'에는 이성교, 김경남, 심노정이 있었다고 한다. 이 중 김경남은 1912년 조선정악전습소에서 거문고 교사인데, 승평계 계원에서는 통소의 명인으로 소개했다.

'생황 명인(名笙)에는 김운재가,
'양금 명인(洋琴)에는 안성여가,
'한시인(한시작가)'에는 홍진원, 서여심이 계원이었다고 한다. 시인으로 소개한 홍진원은 바로 가객으로도 이름이 높았던 인물로 박효관 선생에게 배우고, 후에 추수교에게 노래를 전했다고 알려진 인물인데 승평계에서는 중인 한시 작가로 활동했다.

노래와 춤의 '명기(名妓)'로는 대구기생 계월, 강릉기생 행화, 창원기생 유록, 담양기생 채희, 완산기생 매월과 연홍이 계원이었다.

'세악수'로는 천흥손, 정약대, 윤순길이 계원이었다. 이들 세악수는 모두 서울 오군영의 세악수인데, 당시 가곡반주로는 이들이 장안 최고였다고 한다. 이 세악수들 중에서 정약대는 연습벌레로 유명한 대금주자이다. 매일 인왕산에 올라가 그 긴 도들이 한곡을 연주하고는 나막신에 모래 한 알을 넣기를 반복해서 나막신에 모래알이 그득해져야 대금 연습을 마치고 산에서 내려왔다고 전해진다. 명인이 어떻게 탄생되는지 말해주는 연습태도이다.

이상은 모두 안민영이 기록한 승평계원 그대로이다. 승평계원은 가단 곧 연주집단을 만들고 돈벌이에 나섰던 계원들이 아니다. 앞서

말한 것과 같이 풍류객과 악기 명인들이 풍류를 즐기기 위해 만든 '풍류가단'이었던 것이다.

12곡

당시 승평계를 축하하는 연주회에서는 모두 12곡의 가곡이 불려졌다. 12곡 모두 안민영이 지었는데, 악곡 순서는 '우조 초삭대엽, 이삭대엽, 중거, 평거, 두거, 삼삭대엽, 소용, 반엽, 계면 이삭대엽, 평거, 롱, 편삭대엽'으로 되어 있다. 이 곡들은 모두 여창으로도 불렸다. 다만 이 중에서 우조 초삭대엽은 여창에서는 평거나 중거로, 우조 삼삭대엽은 두거로, 롱은 낙으로 부르라고 따로 밝혀 놓았다. 그런데 소용만큼은 여창에서도 똑같이 소용으로 부르라고 되어 있다. 오늘날 소용은 남창에서만 부르고 여창에서는 부르지 않는 곡인데, 승평계에서는 소용이 여창으로도 불렸던 것을 확인할 수 있다.

연주회 팜플렛

결국 『승평곡』은 첫 장에서 연주 목적이 '승평계를 축하하는 연주회'임을 밝혀주고, 다음에 '약식의 가곡 한바탕 12수'가 공연 순서대로 작품이 기록되고, 맨 마지막에 승평계의 목적과 계원이 소개된

후기를 붙였고, 후기 끝에는 연주회 공연날짜를 '계유 오월 하한(癸酉 五月 下澣 계유년 오월 하순)이라고 밝혀주었다.

『승평곡』 자체는 하나의 가곡 연주회 팜플렛이었던 것이다. 조선 가곡발표회 팜플렛으로는 유일한 자료인 것이다.

계유년은 1873년이다. 1873년 오월 하순 승평계 축하 공연은 창단 기념 공연이든지, 혹은 특별히 기념하고 축하할 만한 일이 있어서 개최된 공연이든지, 또는 해마다 열리는 연례 연주회이든지 이 중 어느 것이었을 것이다.

고종 때 있었던 풍류가단의 규모와 가곡 발표회의 진행을 속속들이 전해주는 『승평곡』은 다른 어떤 가집보다 아주 가까이 그 숨결이 느껴진다.

후기

한창 호기심에 가득했던 십대 소녀시절, 나는 국비 KBS 국악연구
생으로 가(歌), 무(舞), 악(樂), 이론(理論) 등을 배우기 시작했다. 모
든 과목이 아주 재미있고 흥미로워 신나게 배웠다. 그 여러 과목 중
유난히 신기하고 독특했던 것은 가곡이었다. 긴 호흡, 알아듣기 어
렵게 풀어진 노랫말. 노래 한 곡을 제대로 부를 수 있을 때까지 연
습에 연습을 거듭해야 했고, 가르치는 선생님께서도 엄격하셔서 무
척 곤혹스러웠다. 하지만 시간이 흐를수록, 나도 모르게 가곡의 매
력에 점차 빠져들어 갔다. 노래가 입에 붙게 되니, 자주 연주에 뽑히
게 되고 비중 있는 연주에도 독창자로 나서게 되면서 가곡은 내 음
악의 한가운데로 자리 잡게 되었다.

그러나 하면 할수록 왜 그렇게 불러야 하며, 노랫말의 의미는 무
엇이며, 이 노래를 짓고 부른 이들의 생각과 생활은 어떠했는지에
대한 궁금증이 짙어갔다. 선생님께 여쭈면 노래나 열심히 더 부르라
는 말씀뿐이셨다. 예전 선생님들의 가르침은 대개 그러했다. 세월과
공력이 쌓이면 절로 터득하리라는 무언의 가르침이셨을 것이다. 그
런 선생님마저 일찍 세상을 뜨시고 나니, 다시 다른 선생님들을 찾

아 나서서 여쭙고 배워야 했다.

가곡에 관한 논문을 찾아 읽고, 세미나 등을 찾아다닐 때였다. 한 10년 전쯤인가. 『조선후기 여창가곡의 연구』란 박사학위논문을 보게 되었다. 그 논문을 쓴 분은 한성대학의 신경숙 교수였다. 너무 반가워 연락을 하고 만나면서 음악 쪽으로만 편중되었던 나의 가곡에 대한 공부는 문학과의 본격적인 만남으로 이어지게 되었다. 그동안 읽었던 여러 가집 속의 이야기들이 퍼즐 맞추기처럼 이어질 때의 기쁨은 이루 말할 수 없었다. 우리는 만나면 시간 가는 줄 모르고 타임머신을 탄 듯 17세기로, 18세기로, 19세기로 여행을 했다.

못 만나면 전화통을 붙잡고 기록을 통해서는 알 수 없는 것들을 '숨은 그림 찾기' 하듯 하며 보냈던 시간들, 목요일과 금요일마다 짬내어 '노래 공부방' 모임에서 함께 노래 불러 온 '한국 시가학회' 학자님들과의 재밌는 토론들, 이런 귀한 인연들을 통해 얻어진 정보를 이 책에 기록했다. 노래 부르는 이가 느끼고 생각한 '가집 이야기'에 관한 책도 나와야 한다며 용기를 북돋우며 정성껏 자료를 모아준 신경숙 교수님께는 고마운 마음을 표현할 말이 생각나질 않는다.

다른 성악 분야와 달리 가곡은 독특한 발음, 발성, 호흡 등의 당위성을 이해해야만 깊은 감명을 줄 수 있는 연주를 할 수 있다. 우리말 시어와 음악구조의 절묘한 만남, 그를 통한 고매한 정신세계의 확립을 추구한 가곡의 음악세계는 노래 부르는 이들의 부단한 탐구정신을 필요로 한다. 왜냐하면 노랫말과 선율의 흐름을 이해해야만 가곡의 진정한 연주와 이해가 가능할 것이기 때문이다. 그래서 노래를 음악적으로 수련하는 일 못지않게 문학적으로 이해하는 일이 필요하다. 오랜 의문의 시기를 넘어 이제 조금 알 듯도 하여 그간 국악방송을 통해 방송되었던 〈조순자의 가곡 이야기〉의 내용을 정리하고 다듬어 책을 내는 용기를 냈다. 후학들에게도 이런 작업을 권하고 싶은 마음 간절하다. 그리고 이 책이 거름이 되고 촉매가 되어 후학들의 연구로 이어지길 바란다. 끝으로 방송원고 정리와 이 책의 편집을 기꺼이 자청한 제자, 신혜선과 권민영에게도 이 자리를 통해 고마운 마음을 담아 보낸다.

ㄱ

조순자(曺淳子)

현재

중요무형문화재 제30호 가곡 예능보유자

경상남도 문화재 전문위원

경북대학교, 동국대학교, 부산대학교, 한국교원대학교 강사

경남 국악교육연구회장

한국 국악교육학회 이사

국악 전용 소극장 "가야국악회관" 관장

마산 MBC-AM "우리가락 시나브로" 진행자

마산 창원 환경 운동연합 자문위원

한국전통문화재진흥재단 이사

숭실대학교 부설 한국전통문예연구소 자문위원

한국국악학회, 한국국악교육학회, 한국음악사학회, 세계음악회, 한국시가학회 회원

연주 경력

2006. 5.19. 2006년 금요상설공연 풍류한마당 "매향은 잔에지고〈운애산방의 풍류〉"
(금옥총부 매화사 8절 복원발표회, 주최 : 한국문화재보호재단, 후원 : 문화재청, 장소 : 서울중요무형문화재전수회관)

2005. 11.22. 제470회 국립국악원 화요상설 무형문화재무대종목공연
"조순자 여창가곡 넷째바탕 발표회 〈나눔〉"(국립국악원 우면당)

2005. 7. 8. 2005년 전통문화 상설공연 '풍류 四季(사계)' "강의가 있는 가곡 연주회"
(주최 : 한국문화재보호재단 장소 : 서울중요무형문화재전수회관)

2004. 1.22. 제3회 그르노블 한국 구정 페스티발 2004 '정중동'
(주최 : 그르노블 한국문화협회, 장소 : 프랑스 그르노블 박물관내의 '오디토리움')

2001. 12.14. 영송당 조순자 중요무형문화재 제30호 가곡 예능보유자 선정 기념 공연
"천년의 노래, 피어오르라"(마산MBC홀)

1998. 10.29. 국립국악원 제239회 무형문화재공연 "조순자 여창 가곡 독창회 셋째
바탕 복원발표"(국립국악원 우면당)

1997. 10. 3.~ 8. 한일교류연주회 공연(日本 埼玉縣(さいたまけん))

1996. 7.17.~24. 카나다 벤쿠버교민초청 : 한국음악축제(J.Fox theatre. Vancouver, Canada)

1996. 3. 1.~10. 세계민간음악제 공연(中國 福建城 泉州市)

1991. 11. 29. 여창가곡 둘째 바탕 복원 발표(국립국악원 제132회 무형문화재 정기
　　공연)
1989. 9.~11. 여창가곡 순회 독창회(서울, 대구, 창원, 진해)
1989. 12. 20. KBS '89FM 명인전 : 가곡의 조순자의 날(국립국악원 소극장)
1981, 1986, 1990. 대한민국 국악제 출연
1981. 9. 1. 국립국악원 제19회 무형문화재 정기공연 : 남창 홍원기, 여창 조순자(국
　　립극장 소극장)
1967. 10. 1. 자유중국 공맹학회 초청 국악연주회
1966. 2. 27. 문화공보부 파견 국립국악원 일본 순회 연주
1964. 3. 10. 일본 요미우리 신문사(讀賣新聞(よみうり)) 주최 국립국악원 일본공연

수상
2005. 9. 3. 제32회 한국방송대상 국악인상 수상
2002. 12. 20. 제41회 경상남도 문화상 수상
2000. 2. 1. 마산 MBC 창사 31주년 시청자 위원장상 수상
　　　　　　　("조순자의 우리가락 시나브로" MC상)
1999. 2. 1. 마산 MBC 창사 30주년 방송 공로상 수상
1998. 11. 6. 한국음악사학회 10주년 기념 국제학술대회 공로상 수상
1994. 11. 30. 제4회 불교 문화상 수상
1992. 10. 20. 경남 예술인상 수상
1991. 4. 10. 국립국악원 개원 40돌 기념 공로상 수상
1989. 12. 20. KBS '89FM 명인 선정 수상
1985, 1989. KBS 국악대상 수상
1983. 2. 2. 한국예술인 총연합회장배 공로상 수상

음반
조순자 여창가곡 전집 ; 세바탕 전곡 45곡-CD(신나라뮤직), 1998
21세기를 위한 KBS-FM의 방송음악 시리즈 7집 ; 여창가곡-CD(서울음반), 1992
조순자 여창가곡 전집 ; 첫바탕 15곡-LP(킹레코드), 1989

논문
"가곡의 이해(여창가곡을 중심으로)" 한국문화재보호재단 주최 강의가 있는 가곡연
　　주회, 2005. 7. 8.

"단소교육의 실천적 고찰" 국악교육 8집
"한국 근대 음악가 열전 ; 소남 이주환론", 한국음악사학보 6집
개량 국악 관악기 특허 "입술 진동에 의한 국악 관악기의 취구에 관한 원리"
"94 국악의 해에 바라는 지방 국악 활성화 방안", 국립국악원 주최 국악단체장 협의회
    symposium
"시김새를 통한 여창가곡 분석", 한국음악연구 24집
"국악가창지도법", 예술과 교육 6집

저서
2004. 2.28. 여창가곡 마흔다섯닢(후원 문화재청, 출판사 민속원)

홈페이지
www.chosoonja.org

가집에 담아낸
　　노래와 사람들

2006년 5월 19일 초판 발행

지은이　조순자
펴낸이　김흥국
펴낸곳　도서출판 **보고사**

등록　1990년 12월(제6-0429)
주소　서울시 성북구 보문동 7가 11번지
전화　922-5120~1(편집), 922-2246(영업)
팩스　922-6990
홈페이지　www.bogosabooks.co.kr
메일　kanapub3@chol.com

ISBN 89-8433-441-3 (93810)
정가 10,000원
잘못된 책은 교환해 드립니다.